Pişmiş Tavuk

Dobrowsky'ye ne oldu?

Yasemin Schreiber Pekin

Pişmiş Tavuk

Dobrowsky'ye ne oldu?

Bibliografische Information der Deutschen Nationalbibliothek:
Die Deutsche Nationalbibliothek verzeichnet diese Publikation in der Deutschen Nationalbibliografie; detaillierte bibliografische Daten sind im Internet über http://dnb.dnb.de abrufbar.

© 2019 Yasemin Schreiber Pekin

Illustration: Yasemin Schreiber Pekin
Übersetzung: Nevin Tali Ölçer
                        Yasemin Schreiber Pekin

Herstellung und Verlag: BoD – Books on Demand, Norderstedt

ISBN: 978-3-7494-1056-9

Yıl 2016

Daha psikiyatri muayenehanemin eşiğinden içeri adımımı atarken, "Bilin bakalım kim geliyor gene!" diyerek karşıladı beni yardımcım. Kimin geldiğinden haberim yoktu, ama yardımcım Bayan Meier'in heyecandan kabına sığmadığını görüyordum.

"Bayan Doktor Agnes Stres geliyor gene," diye duruma açıklık getirdi.

Bayan Meier kelime oyunu yapan tiplerden değildir. İsmi kasten yanlış söylediğini sanmıyorum.

Agnes d'Estrées, yirmi beş yıldır uzun aralıklarla bana psikoterapiye geliyordu. Arada birkaç yıl yok oluyor, sonra da insanın saçlarını havaya diken yeni bir hikayeyle ortaya çıkıyordu. Tıp doktoru olduğunu söylüyordu. Muhtemelen doğruydu söylediği. Bunun dışında kendisi hakkında hiçbir bilgi vermiyor, terapi ücretini nakit ödüyordu. İsminin uydurma olduğundan oldukça emindim. Hatta, acaba tüm hayat hikayesini de mi uyduruyor diye düşündüğüm günler oluyordu. Öte yanda, benim de, ben kimim, niye varım sorularına daldığım günler de olmuyor desem yalan olur.

Agnes d'Estrées ile ilk tanışmam 1991 yılında oldu. Karşımdaki koltuğun kenarına ürkekçe ilişir ilişmez, aslında bir psikiyatriste ihtiyacı olmadığını söylemişti. Sadece biraz konuşmak istiyormuş. Meslektaşlarım bana terapiye geldiklerinde genellikle böyle bir açılış yaparlar. Sanki benimle konuşmak, çantayla sohbet etmekten bir derece daha iyiymiş gibi. Alınmıyorum bu tip sözlere. Hem psikiyatrist, hem de psikoterapist olduğumu söylemiştim kendisine. Tecrübeye dayanarak konuşabilirim ki, bu laf insanları sakinleştiriyor. Agnes'in daha net düşünmesine yardımcı olmuştum anlaşılan. Bundan yirmi beş yıl önceki o günlerde, boşanma sürecinin tam ortasındaydım. O aralar dünyada herkesin benden daha net düşünebileceğine emindim, ama bunu Agnes'e söylememin zamanı değildi. Kendisinin hasta dosyasını, diğer hastaların dosyalarından ayrı bir yerde tutmamı rica etmişti. İma etmek istediği şey herhalde, hakkında tuttuğum notların, Bayan Meier'in meraklı bakışlarından uzak bir yerde durmasıydı. Arzusu üzerine dosya dolabına değil, bizim minicik mutfağın çatal kaşık çekmecesine koymuştuk onun hasta öyküsünü. Bayan Meier elbette benim her yazışmamı okuduğu gibi, onun dosyasını da okuyordu. Doğal hakkı olarak görüyordu bunu.

"En son üç yıl önce gelmişti," diye kesti düşüncelerimi Bayan Meier. "Hapishanedeydi belki de." Agnes uzun müddet görünmezse Bayan Meier'in aklına hemen bu gelir.

Bayan Meier uzun yıllardır yardımcılığımı yapıyor muayenehanede. Ondan önce bir mandırada peynir satıcısı olarak çalışmış. Sanki her an gömleğinin dikişleri patlayacak gibi bir görünümü var. Son otuz yıldır tombul vücudu ve al yanakları pek değişmedi sanki. Dalgalı sarı saçlarının arasındaki beyaz perçemler de hiç dikkati çekmiyor. O olmasa evrenin sonsuz karmakarışıklığında kaybolur gider miyim, yoksa muayenehanedeki kaosu ona mı borçluyum, bilemiyorum. Sonuç olarak, on yıllardır anarşik bir halde, tamamen birbirimize bağımlı olarak yaşıyoruz. Birimizden biri aniden ölüverirse, diğerinin intihar etmesi gerekecek.

Bayan Meier, üstüne dramatik bir şekilde "A. d'E" yazmış olduğu dosyayı, evde sakin sakin okuyayım diye bana uzattı. Evde, dosyanın kendi notlarımla süsleyip püslediğim ikinci bir versiyonu vardı. Gittikçe el yazması bir kitaba dönüşmüştü bu ikincisi. Lakin bunu Bayan Meier'in bilmesi gerekmiyordu.

Birkaç gün önce bir yayınevinden gökten inme bir mektup geldi. Kitabımı yayımlayacaklarını yazıyorlardı. Bir yıl önce, açıkcası, tam ayık olmadığım bir anda göndermiştim el yazısı notlarımı. Yayımcıya doktor olarak sır saklama yükümlülüğümü öne sürerek işin içinden sıyrılmaya çalıştım. Eliyle sinek kovar gibi bir hareket yaparak, "Ölmüş ya da yaşayan gerçek insanları, olayları ya da yerleri anıştıran herhangi bir benzerlik tamamen tesadüftür," demek yeter dedi. Ama ne olur ne olmaz gene de bir takma ad altında yayınlamamı tavsiye etti.

Akşam olunca düşünceli bir şekilde ayrıldım muayenehaneden. Evimin kapısını arkamdan kapar kapamaz üstümdeki şık giysileri, gözümden lensleri çıkardım, yıkanmaktan rengi kaçmış svetşörtü, yılların yıprattığı pelüş pantolonumu geçirdim üstüme. Yani, kumaşı incelmiş, söküklü ve rahat pantolonumu. Kendime bir peynir tabağı hazırladım, bir kadehe kırmızı şarap koydum ve kedi Simba'yla beraber kanapeye yayıldım. Sunduğum tabloyu başka türlü de tarif edebilirim:

Yalnız.

Kitabımın ön baskısı Simba'nın yanında, kanapede duruyordu. Simba sırtüstü yattı ve dört patisini vurulmuş bir ceylan gibi havaya dikti. Karnını okşadım, okuma gözlüğümü yerine ittirdim ve kitabı açtım. Hikaye, Agnes'in yirmibeş yıl önce ümitsizce bir psikoterapist arayıp sonunda bulmasıyla başlıyordu.

O psikoterapist bendim.

Yıl 1991

Sıradaki hastayı merak ediyordum. Dün telefon etmiş ve acil randevu talebinde bulunmuştu. Mümkünse derhal gelecekti. Beni ve ajandamı çelikten bir disiplinle idare eden yardımcım Bayan Meier böyle durumlarda, önümüzdeki üç ay içinde yeni hasta alamayacağımızı söyler. Bu tam doğru değil aslında. Daha doğrusu, borçlarımı ödemek için, gece gündüz çalışmaya bile razıyım bu aralar. Bayan Meier'e bakarsanız, hastaların bunu fark etmesi iş yeri için iyi olmazmış. Sanki hâlâ mandırada peynir satıyormuşçasına bu tür laflar söyler sıkça. Ancak yeni hasta telefonda kendisinin de doktor olduğunu ve hakkımda çok iyi şeyler duyduğunu söyleyince, Bayan Meier gevşeyivermişti hemen. Şöhretimin dünyaya yayılmış olması etkilemişti yardımcımı. Diğer hekimler bizde çare arıyor diye böbürlendi durdu bütün gün. Saat tam 15'te dahili telefonum çaldı. Bayan Meier bir tellal gibi bağırarak: "Bayan Doktor Agnes Stres geldi!" diye müjdeledi.

Muayenehanem o kadar küçük ki, sesini telefon olmadan da net ve yüksek duyabiliyordum. Bayan d'Estrées'yi bekleme odasında selamlayıp odama getirdim. Kadın gözüyle, iyi niyetle baktığımda, yirmili yaşların sonunda olduğunu tahmin ettim. Benden birazcık daha gençti yani. Tam doğruyu söylemek gerekirse on yaş kadar daha genç. Koyu kahverengi at kuyruğu ve iri gözleri sayesinde belki de yaşını göstermiyor olabilirdi. Aynı benim gibi. Ama bugün değil. Bu sabah uyandığımda gözlerimin altında mor halkalar vardı. Kıvırcık kısa saçlarımın arasına da üç gri saç karışmıştı. Dün akşam yatmaya gittiğimde orada olmadıklarından eminim. Agnes'in boyu benden biraz daha kısaydı, sportif görünümlüydü. Neden kendimle karşılaştırıp duruyordum bilmiyorum ama, onun yanında kendimi nahoş bir şekilde yuvarlak ve tombul hissediyordum. Acaba saçlarını hiç mi boyamıyor diye geçirdim içimden.

Bayan d'Estrées karşımdaki koltuğun kenarına sanki her an kaçabilecekmiş gibi çekingence ilişti. Onu rahatlatmak için gülümseyerek onaylayıcı anlamda başımı salladım.

"Bana Agnes deyin lütfen," dedi.

"Siz de bana Bayan S. deyin," diye kaçtı ağzımdan.

Elimi alnıma vurdum. Müthiş bir tanışma. Kendime bir tokat atsam yeriydi şimdi. Ben gülümsemeye ve başımı sallamaya devam ederken, o, alnı kırışmış bir halde bana bakıyordu.

"Kendimi pişmiş tavuk gibi hissediyorum," diye söze başladı.

Başımı hâlâ salladığımı fark edince, durdum birden.

Mahçup bir şekilde gülümsedi. "Bir Türk dostum şöyle tarif ediyor durumu. Bir tavuk pişirilmeden önce yakalanır, kafası kesilip tüyleri yolunur. Bir insanın da başına gelenler bu tavuğun haline benzerse, böyle diyor arkadaşım: Pişmiş tavuk."

Pişmiş tavuk, öyle mi? Ağrıyan şakaklarıma masaj yapmaya başladım.

Agnes derin bir nefes aldı. "Size hayat hikayemi anlatmak istiyorum. Günlerdir kafamda her şey başa sarıp duruyor. Düşüncelerimi durdurmak elimde değil." Durakladı. "Ama söylediklerim kesinlikle aramızda kalır, değil mi?" diye sordu şüpheyle.

Tabii ki, elbette. Neden acaba insanlar hayatlarının, hakkında bir kitap yazacak kadar ilginç olduğunu sanır ki?

"Size anlatacağım her şey mi?"

Bir gün biri gelip, kocasını nasıl zehirleyip öldürdüğünü anlatsa keşke diye düşlemişimdir hep. Ya da buna benzer heyecan verici bir şey. Söylediklerinin bir kelimesinin bile ağzımdan çıkmayacağını garanti ettim. Biraz rahatladı.

"Bir hastaneye iş müracaatına gitmem gerek. Gideyim mi, gitmeyeyim mi, bilemiyorum, zira..." diye başladı Agnes. Tasdik anlamında başımı salladım.

"Birkaç yıl önce de orada çalışmıştım. O zamanlar öğrenciydim daha." Konuşmasına ara verdi.

"Nahoş bir olay olmuştu ben oradayken."

Bir gün önce Agnes müthiş bir ümitsizliğe kapılmıştı. Anlaşılan bu kentteki psikoterapistlerin işleri çok iyi yürüyordu. Telefonda son konuştuğu doktor sekreteri, randevuyu altı ay sonra değil, derhal istediğini duyunca burnundan soluyan at gibi bir ses çıkarmıştı. Sonra da kuşkuyla, "İntihar etmeyi düşünüyor musunuz?" diye sormuştu. Zira öyleyse, o gibi vakalara göre bir muayenehanenin numarasını verebilirmiş. Biraz hışırtıdan sonra, "Hah, tamam, işte burada," diyerek numarayı vermişti. "Burada sizi mutlaka kabul ederler, şu aralar herkesi alıyorlar."

Agnes aslında tam o tip bir vaka değildi ama sırf bütün gün psikoterapist arayıp zaman öldürmekten depresyona girmişti. Cesaretini tamamen kaybetmeden, çevirmişti verilen numarayı. Kendini doktor olarak tanıtıp, meslektaşı doktor beyin şöhretini çok duymuş olduğundan kendisine fikir danışmak istediğini söylemişti. Biraz gecikmeyle meslektaşının kadın olduğunu fark etmişti, ama telefondaki sekreter, şefi hakkındaki bu iltifattan o kadar hoşlanmıştı ki, Agnes'in kırdığı potun farkında bile olmamıştı. Hemen ertesi gün ilk terapiye gidebilecekti. Doktor kadının ismi bildik değildi. İyi ki de öyleydi. Eski iş arkadaşlarından biriyle karşılaşmak istemiyordu asla.

Akşam saatleri ilerledikçe, yabancı birine içini dökmenin hiç de iyi bir fikir olmadığını düşünmeye başlamıştı. Altı aydır kızı Nicole ile paylaştığı odaya sessizce girmişti. Nicole ile birlikte Haiti'den kaçıp geldikten sonra ağabeyi Egon'la yengesi Elfie, evlerini büyük bir içtenlikle açmışlardı Agnes'e. Küçük yeğenlerini taparcasına seven Egon ve Elfie ile çok iyi geçiniyordu gerçi, ama fazla yer yoktu evde. Agnes, onları bezdirmeden, kendi ayakları üstünde durmak istiyordu. Blumenthal Hastanesi şu anda açık kadrosu olan tek yerdi. Dünyada gitmek istediği de son yer. Haiti'den hemen sonra...

Kızının üstünü örtmüştü. Nicole her zamanki gibi gözleri yarı açık uyuyordu. Uyku arasında mırıldanıyor, gülümsüyor ve tekrar hafifçe hırlamaya başlıyordu. Agnes'in içinden onu uyandırıp sıkıştırmak gelmişti. Agnes'in ruh halleri, hayatı gibi dalgalıydı. Biraz sonra, yarılanmış bir karaf Daiquiri'yle başbaşa, Elfie ve Egon'la salonda rahat rahat otururken, Blumenthal görüşmesinden neden o kadar korktuğunu unutmuştu. Yengesi Elfie, katiyen bu fırsatı kaçırmaması gerektiğini söylemişti.

"İşinde hızla yükselmenin şerefine!" diye kıkırdamıştı Elfie. Kadehleri tokuşturmuşlardı. Daha sonra birkaç kez daha çin çin yapmışlardı.

İkinci Daiquiri karafı da neredeyse boşaldığında, "Senin yüz kızartıcı aşk hikayelerini bu arada herkes unutmuş olmalı," diye fan fan etmişti kardeşi Egon.

"Aradan bu kadar zaman geçtikten sonra, artık senden nefret eden kimse de kalmamıştır orada," demişti Elfie.

"Cinayet bile birkaç yıl sonra zaman aşımına uğrar," diye eklemişti Egon peltek peltek. Agnes, o anda Blumenthal'a neden tekrar gitmek istemediğini aniden hatırlamıştı yine. Aynı zamanda, hikayesini psikoterapiste anlatmanın neden pek iyi bir fikir olmadığını da.

"O nahoş olaydan bahsetmek istemiştiniz," diye yüreklendirdim Agnes'i. Bir müddettir hiç sesini çıkarmadan oturuyordu. Terapi koltuğumun en kenarında, kaçmak istercesine.

"Evet, yıl 1986 idi," diye duraklayarak başladı. "Blumenthal Taşra Hastanesi'nde Jinekoloji Bölümü'nde stajyer olarak çalışıyordum. Başhekimin adı Erwin Koller idi... sonra o olay oldu." Derin bir nefes aldı. "Doktor Dobrowsky ile başlayayım. Nahoş olay oydu."

Bir müddet koltukta bir o yana bir bu yana kaydı huzursuz bir şekilde, hafifçe öksürdü, ben de bu arada sabırla bekliyordum.

"Aslında bu benim hayat hikayem. Yani ben, ana kahramanım," dedi kendi kendine konuşur gibi ve mahcupca gülümsedi. "Ama yardımcı rollerdekilerin de kendilerini ifade etmesini sağlayacağım. Yoksa, bütün bu talihsizlikte tek suçlunun ben olduğumu sanırsınız."

İçimi çektim. Ne yazık ki pek de sessizce çekmedim içimi, öyle ki kadın irkildi. Bu kentteki her deliye katlanmak zorunda mıydım? Eğer boşanma avukatımın ücretini ödemek istiyorsam, evet, zorundaydım.

"Dobrowsky'nin gözünden anlatıyorum."

Tekrar içimi çektim, bu sefer daha da yüksek bir sesle.

İsmim Hermann Dobrowsky. Büyükbabam, babası gibi, Bohemya'da bir bira fabrikasında işçi olarak çalışıyordu. İsviçre'ye göç ettiği zaman, eski yaşamından kaçıp kurtulmayı hayal ediyordu. Okuma yazma bilmediğinden, daha yeni tanışmış olduğu Amerikalı bir eski asker, kendisine gümrükteki evrak işlerinde yardımcı olmuştu. Amerikalı, ismin *sky* diye biten şeklini beğendiği için, ismimiz Dobrowsky oldu. Bugün artık kimse adımın orijinal yazılış şeklini bilmiyor.

Birçokları benim adam yediğime inansa da, gerçekte ben sadece, hayatın güçlüklerine karşı dişi ve tırnaklarıyla mücadele eden biriyim. Aynı büyükbabam gibi. Aslına bakılırsa bu onu çok fazla bir yerlere getirmemişti ya. İsviçre'de, kendini Hürlimann Bira Fabrikası'nda çalışan bir işçi olarak bulmuştu.

Erwin Koller ile tanıştığımda, ikimizin de saçları daha gürdü. Lisedeyken, iki kafa dengi, iki dışlanmış tiptik. Sınıf arkadaşları dile getirmeseler bile, Koller ve ben işçi tabakasındandık. Babam, şaşaalı ismine rağmen, babası gibi, eğitimsiz işçiydi. İkisi de alkolün haddini hududunu bilmeyen adamlardı. Koller'in babasının ne iş yaptığını kimse bilmezdi. Biz iki liseli, okuldan sonra bira içmeye ve kumar oynamaya giderdik, diğer öğrenciler gitmezdi. Onların ne yaptıklarını bugüne kadar öğrenemedim. Tıbbiyeye yazılmak Koller'in fikriydi.

"Dobby, doktorlukta çok para var," derdi bana. Daha üniversite sıralarında, jinekolojiden ballandıra ballandıra bahsetmeye başlamıştı.

"Dobby, jinekoloji çıplak kadın dolu," diye anlatırdı ağzı sulanarak. O zamanlar ben bu branşla ilgilenmezdim. Aksine, itici bulurdum kadın doğum doktorluğunu.

Okul bitince çalışmaya başladık. Tesadüfen, ikimiz de aynı hastanenin jinekoloji bölümünde iş bulmuştuk. Tam istediğim iş değildi bu, ama kadro açığı olan diğer tek yer üroloji bölümündeydi. Orası ise kesinlikle söz konusu olamazdı benim için. Zamanla işe alışmaya başladım. Yapmam gerekeni yapıyor ve akşamları da iş arkadaşlarıyla birkaç bira içmeye gidiyordum. Koller ise artık hemen hemen hiç katılmıyordu bize.

"Koller, bir babacan, bir de kadın düşkünü jinekolog tipi vardır. Bunlardan birine karar vermen lazım," diye ona akıl verdim. Koller, bıyık bıraktı, göbek salıverdi. Ağır ve düşünceli bir konuşma tarzı geliştirdi. Anlaşılan bu haliyle sükse yapıyordu.

Bir akşam, birkaç mesai arkadaşıyla bira bahçesinde oturuyorduk. Arkadaşlardan birinin adı Markus'tu, diğer ikisinin adını hatırlamıyorum şu anda. Onlar da ya benim gibi, evde kimsenin beklemediği bekarlar, ya da evdeki kargaşalığa girmeden önce, güçlenmek için bira içen genç babalardı. Koller işi olduğu bahanesiyle bize takılmamıştı. Ilık bir yaz akşamıydı. Marion isimli kız da aramıza katıldı, kendisine bir bira ısmarladı. O da asistan doktordu, sarışın, kocaman bir gözlüğü ve kıvrımlı bir bedeni vardı. O güne kadar kendisiyle pek temasım olmamıştı. Ben bira içen kadınlardan hoşlanmazdım zaten. Bizimle kadeh tokuşturdu ve Markus'un söylediği bir şeye güldü.

Genizden gelen, uykudan yeni uyanmışçasına, hafif kısık gülüşü, vücudunun kıvrımlarına benziyordu. Bu gülüş, omuriliğimden ayak parmaklarıma kadar uzanan sıcak, hasret dolu dalgalar yaydı.

"Koller başasistanlığa müracaat etti," dedi Marion bir müddet sonra. Gülmekten kırıldım bunu duyunca.

"Ben bile bu işe Koller'den daha uygun olurdum," diye iddia ettim. Kimseden ses çıkmayınca, konuşmaya devam ettim. Sekiz yaşımdayken, Kung Fu bildiğimi iddia edip, gösteri esnasında kendi süt dişimi kırdığım zamanki gibiydi. Küçük bir bebekmişim gibi burnumu silen öğretmenim bile gülmüştü halime o zaman.

Arkadaşlar kibarca gülümsediler, biralarını içtiler ve konuyu değiştirdiler. Markus saatine baktı, etraflıca gerindi ve eve gitmesi gerektiğini söyledi. Diğerleri de aceleyle ayağa kalktılar ve vedalaştılar. Ağzımdaki buruk tattan kurtulmak için, kendime bir bira daha ısmarladım. Koller'in pek sevilmediğini biliyordum. Aslında sevilmemekten ziyade kaale alınmıyordu. Oysa ben sevilen biriydim.

Ertesi sabah erkenden kalktım. Yirmi bir balonun her birine bir harf yazdım. Doğru sıralanıp asıldıklarında, "Başasistan Erwin Koller" yazıyordu. Asılı balonların karşısında, terfi etmediğini süklüm püklüm itiraf edecek olan Koller'in yüzünü göreceğim diye seviniyordum. Ben de ona, "Neyse, hiç olmazsa balonlar senin olsun," diyecektim.

Nihayet Koller içeriye girdi, birdenbire durdu, yanakları kızardı ve kıkırdamaya başladı. Beklediğim tepki bu değildi. Sonra da başhekim geldi.

"Evet, ben bunu haftaya ilan etmek istiyordum ama anlaşılan herkes öğrenmiş bile! Bay Koller yeni başasistanımız olacak!" diye açıklama yaptı.

Koller'in yüzünde güller açtı. Marion, "Dobrowsky, onun bu pozisyona gelebileceğine inanmıyordu," dedi. Herkes güldü. Koller ile birbirimize baktık. Yüzündeki tebessüm yok oldu.

Koller'in başasistan olması, sandığım kadar kötü değildi. Ona zulüm yapmak kolaydı. Bugün olsa mobbing danışmanlığına başvururdu. Eskiden buna birine eziyet etmek denirdi. Kimse bunu mesele yapmazdı. Ama o zamanlar üstlere azap verilmezdi pek. Astlara eziyet etmeyi ise zaten herkes beceriyordu.

Koller'i kızdırmak için, kantinde öğle yemeği esnasında, onu gülünç düşüren bir hikaye uydurdum. Koller ile çıkan bir kızın, ilk randevudan sonra, jambonlu sandviçimle bile daha ilginç sohbetlerim olmuştur diyerek bana içini döktüğünü anlatırken,

Koller, elinde tepsisiyle, gülümseyerek gelip yanımıza oturdu ve dalgın dalgın etrafına bakınmaya başladı. Kendisini tahrik etmek için, parmaklarımı burnunun dibinde şıklattım ve: "Rüya, geceleri görülür!" dedim. "Geceleri bambaşka şeyler yapılır," diye yanıtladı Koller ve ukalaca sırıttı. Bundan birkaç gün sonra, Koller ve Marion, çıktıklarını söylediler.

Dobrowsky hikayesinin ortasında, Bayan Meier kapıya vurdu. Hızla içeriye girdi ve avukatımın telefonda olduğunu yüksek sesle kulağıma fısıldadı. Bayan d'Estrées'yi hemen sepetledim. İki gün sonra aynı saatte gelip anlatmaya devam etmesini söyledim.

"Kendimi pişmiş tavuk gibi hissediyorum!"
Agnes cümleyi yapmacık ve tiz bir sesle birkaç kez tekrarladı. Bunun üzerine kendini daha da kötü hissetti. Bıraktığı felaket izlenim yetmiyormuş gibi, durumu daha beter etmek için eklemişti:

"Yardımcı rollerdekilerin de kendilerini ifade etmelerini sağlayacağım!"

Neden Elfie'yi dinleyip, ilk psikoterapi seansına Dobrowsky'nin hikayesiyle başlamıştı ki! Elfie, süt dökmüş kedi gibi, böyle bir akıl vermiş olduğunu kesinlikle hatırlamadığını söylüyordu. Hiçbir şey hatırlamıyormuş. Daiquiri aklına geldikçe kusacak gibi oluyormuş hâlâ. "Peki, Elfie'ye de teşekkür," diye düşündü Agnes acı acı. Psikoterapist Bayan S. herhalde akıl hastanesinden kaçmış bir deliyle karşılaştığını sanmıştı.

Öte yanda da, kendisini Bayan S. olarak tanıtan bir psikiyatriste ne demeliydi? Yoksa düzgün bir kadındı. "Bayan Es" olarak telaffuz ediyordu adını. Sürekli içini çekmese ya da suratını asmasaydı sempatik bile denebilirdi kendisi için. Ama biraz tuhaf olduğu doğruydu. Tam terapinin ortasında, sekreteri fırtına gibi içeriye girmiş ve şefinin kulağına cankurtaran düdüğü gibi yüksek sesle, avukatının telefonda olduğunu söylemişti. Bayan S.'in rengi uçmuş ve Agnes'i kışkışlamıştı.

BÖLÜM 2

Agnes d'Estrées, terapiye tekrar gelerek beni şaşırttı. İki gün önce konuşmanın ortasında apar topar kapı dışarı ettikten sonra kendisini bir daha asla görmeyeceğimi sanmıştım. Nitekim bu sefer, ilk görüşmemizden daha da tedirgin bir haldeydi.

"Bakın, benim psikiyatrik bir vaka olduğumu düşünmeyin. Dobrowsky'nin hayat hikayesini biliyorum, çünkü bu hikayeyi yengem Elfie ile paylaşmıştı. Yaşananları Dobrowsky'nin gözüyle anlatmak benim için daha kolay olacak diye düşünmüştüm."

Anlayışla başımı salladım. Çenesi düşük adamlarla çok tecrübem var. Beni ilk başlarda sessizliği ile cezalandıran eski kocam adı batası Gerald'ın, son zamanlarda ağzı hiç durmaz olmuştu. Özellikle de boşanma yargıcının önünde.

"Devamını anlatsanıza! İsterseniz bugün Erwin Koller olabilirsiniz," dedim. Bu bir şakaydı.

"Deneyebilirim," dedi kadın. Kaşlarım elimde olmadan yukarıya fırladı.

"O da içini dökmüş mü yengenize?"

"Hayır, ama karısı konuşmayı severdi."

Galiba Agnes d'Estrées'nin çoklu kişilik bozukluğu sorunu var. Belki de ona bu durumda gerçek bir psikiyatriste gitmesini söylemem gerekir. Benim gibi, boşanma dilekçesi içeren taahhütlü mektubun aptal aptal gülünecek bir şaka olmadığını kocasının kendisine açıklamak zorunda kaldığı birine değil. Tüm psikolojik sezgi gücüme rağmen, Gerald'ın bana olan sevgisinin bittiğini algılayamamıştım.

Öte yanda Agnes, akıl hastası bir kadın olduğu göz önünde bulundurulursa, oldukça normal görünüyor. Bu kadar ağır vakalar konusunda pek tecrübeli değilim. Genelde, beni ancak, gücünü toplayıp da doktor faturalarını bile ödeyemeyecek yalnız ve tutuk tipler buluyor.

Anlatmaya başladı. Bu sefer başhekim Erwin Koller gözüyle anlatıyordu. Dobrowsky'yi anlattırırken de sesinin değiştiğini fark etmiştim. Oturuşu bile farklıydı. Bacaklarını açmış ve kendine güvenli oturmuştu. Şimdi gene bir dönüşüm gerçekleşiyordu karşımda. Pek fark edilmiyordu ama şu an kesin daha büyük görünüyordu kadın. Tok bir sesle, ağır ve düşünceli bir halde anlatmaya başladı. Ürkütücüydü.

Ben, Blumenthal Hastanesi'nde Kadın Doğum Kliniği Başhekim'i Erwin Koller, ofisimde oturmuş, derin düşüncelere dalmıştım. Bir taraftan da sağ kulağımın derinliklerini kurcalıyordum. Bazıları tutkuyla burnunu karıştırır, ben de kulağımı. İstemeye istemeye küçük parmağımı kulağımdan çıkardım. Hap yutmam lazımdı. Yüzünü artık asla görmek zorunda kalmayacağımı sandığım Dobrowsky, Blumenthal'a yerleştiğinden beri, epey bir miktar hap kullanmak zorundayım. Mümkün olduğunca ofisime kaçıyorum. Pencerem, İngiliz çimi kaplı harika bir park manzarasına açılıyor. Hastalar bahçenin bu kısmına geçmeye müsaadeli değiller. Personel ise, ben görürüm diye, buraya gelmekten kaçınıyor. Böylece kimse görüntümü rahatsız etmiyor. Ofisime çekildiğim zaman, başhekim olarak her gün karşılaştığım tüm can sıkıcı işleri bir an için unutuyorum. Odanın tek dezavantajı, asistan doktorların ofisiyle yan yana oluşu. Anlamsız gevezelikleri ince duvarlardan duyuluyor.

Kapı çalındı. Yardımcım, sekreterim ve sağ kolum olan - zevkle kulağımı kurcaladığım sağ elimden bahsetmiyorum - Bayan Sarah, kafasını içeriye uzattı. Mantar enfeksiyonlu hastanın gelmeyeceğini bildirdiğini söyledi. Çökük ruh halim daha da kötüleşti. Herhalde kadın şimdi Dobrowsky'nin bekleme odasında oturuyor ve pantolonunun ağını kaşıyordu. Hasta hırsızlığına karşı yapılacak bir şey yoktu.

Bayan Sarah, bir sonraki hastayı getirdi. Çiş kaçırma vakası. En sevdiğim konu. Kadın çoraplarıyla, iç çamaşırlarıyla ve aletlerimle boğuştuktan sonra, daha dikilip oturmadan, kendisine idrar kaçırmanın incelikleri konusundaki uzman açıklamalarımı yapmaya başlamıştım bile. Her kadının kendine has çiş kaçırıyor oluşunu harika bulurum. Konuşmamın ortasında, hastam Bayan Weber el çantasını karıştırarak bir şey çıkardı.

"Bir arkadaşım bununla pelvik taban egzersizi yapıyor." Bir kumaş parçasının içine sarmış olduğu uzun, parlak bir şeyi titizlikle açtı.

"Ne bu?" diye bağırdım şaşkınlıkla.

"Bu, plastik camdan yapılmış bir penis," diye açıklama getirdi Bayan Weber, mahcubiyetten kıvranarak.

Bunun bir penis olduğunu ben de görüyordum. Akıl almaz bir büyüklükte! Sesimi çıkarmadan bakıyordum kadına. Hastalarımla aramdaki bakışma düellosunu genellikle ben kazanırım. Bu arada Bayan Weber ahududu gibi kızarmıştı. Ben hâlâ sessizliğimi koruyordum. Bu kadın ne sanıyordu ki? Seks dükkanı işlettiğimi mi? O şeyi hızla tekrar sarıp sarmaladı. Birazdan muayenehanemi terk ettiğinde, onu artık bir daha görmeyeceğimi biliyordum.

Terapi çeşitlerimi arttırmalıydım anlaşılan. Şu yeni başasistan Lindemann bari biraz işe yarayan biri olsaydı! İyice bir paylamalıydım adamı. Ve bir de boyu katedral kapısından geçmeye uygun, plastik camdan yapılmış bir penisi nereden ısmarlayabileceğimi öğrenmeliydim.

Agnes, katedral kapısına uygun boyda bir penisten bahsedince, karanlık düşüncelerimden ürpererek uyandım. Tam o esnada aklım Gerald'daydı yine. Yani sırf penis ve katedral kapısı yüzünden değil. Hoş... Konsantre olamıyordum. Eski kocam, adı batası Gerald... Ah evet, ona böyle demenin çocukça olduğunu biliyorum ama, iyi geliyor. Yani, Gerald sürekli beynimde gezinip duruyordu. Sabahtan mahkemede duruşmadaydık. Gerald, üzerine kusursuz oturan takım elbisesiyle jilet gibi görünüyordu. On sekiz yıl önce, onunla ilk tanıştığım zamandan beri hiç değişmemişti gözümde. Yüzünün hatları biraz gevşemiş, şakakları hafif grileşmiş de olsa hâlâ çekiciydi. Beni, sanki bir tanıdığıyla karşılaştığına sevinmiş gibi tatlı bir tebessümle selamladı. Ona bakınca tüm bedenim acıdı.

Gerald, karısından nafaka istediğini duyduğum tek erkek. Karısının avukatından pat diye bir mektup alıp da, hiç bir hatası olmadan, durup dururken, çocuksuz, evsiz ve parasız ortada kalıveren erkekler olduğunu duyarız habire. Bütün bu zavallılara acırım hep. Ama bir kadının da bu duruma düşebileceğini bilmiyordum. Hem de kendimin. Neyse ki, çocuklarımız yok en azından. Gerald'ın çocuğu olamadığından dolayı, bu konuyu çok önceleri kapatmıştım. Bunu evlenirken söylemişti bana dürüstçe. Bana pat diye avukat mektubu da gelmemişti. Kendisi avukattı kocamın.

Gerald İngilizdi. Öğrenciyken, yurt dışı stajımda tanışmıştım onunla. Benden on iki yaş daha büyüktü ve o zamanlar bir avukatlık ofisinde çalışıyordu. Çekiciliği, kendine olan güveni ve hayat tecrübesiyle beni fırtına gibi fethetmişti. Stajımı tamamladıktan sonra, kara sevdaya tutulmuş bir halde, İsviçre'ye geri dönmüştüm. Birkaç yıl uzak mesafe ilişkisi yaşamıştık. Günlerden bir gün, öğrenci odamda yalnız başıma oturmuş bitirme sınavlarına çalışırken bir yandan da Gerald'ı düşünüyordum. Onu o kadar özlemiştim ki, önümdeki kalın kitabı kapatıp, yüksek sesle ismini haykırdım. O anda kapı açıldı ve Gerald kapımın eşiğinde belirdi. Korkudan, "Kevin Evde Yalnız" tarzı bir çığlık attım. Artık hep yanımda olabilmek için her şeyi bırakıp geldiğini söyledi.

İsviçre'de kalabilmesi için evlendik. Her şey o kadar romantikti ki, bugün bile, yaşadıklarımın kocaman bir yalan olduğuna inanmak istemiyorum. "Gerald hikayesi" demeyi tercih ediyorum. Böylece daha az canım acıyor. Bir "Gerald hikayesi", Gerald'ın kendisinin de inandığı muhteşem bir Gerald yalanı demektir. Avukatlık ofisinin iflas etmiş olduğu ve borçları, bu hikayede yer almıyordu. İsviçre'de avukat olarak çalışamayacağı tamamdı ama çalışmayı zaten aklının köşesinden bile geçirmediğini ancak çok daha sonra anladım. Öğrenimimi bitirdikten sonra ikimizi de ben geçindirmeye başladım. Benim için önemi yoktu. İşimi seviyordum ve fena kazanmıyordum. On iki yıllık evlilikten sonra bile, hâlâ Gerald'ın günün birinde para getiren bir iş bulacağını ümit ediyordum. Bazı konularda inanılmaz safım.

Gerald, kimsenin istemediği logo tasarımları yapıyordu. Kendi kendine verdiği bu siparişleri üretirken, geceler boyu uyuyamıyor, planlar yapıyor, sayısız projeler geliştiriyordu. Ret yanıtı aldığı zaman da, kudurma krizleri yaşıyordu. Sonra da kendini alkole veriyor, haftalarca bunalıma giriyordu. Islak bir tulum gibi oturuyordu çalışma masasında. Öne doğru yuvarlanmış omuzlarıyla, sanki boynu kırılmış gibi iki büklüm bir halde, donuk bakışlarla gözlerini bardağının içine dikiyor ve küfürler mırıldanıp duruyordu. İlk başlarda, onu bu haliyle bile seksi buluyordum, herhalde İngilizce küfrediyor olduğu için. Aşk, acıma ve öfke duyguları arasında gidip geliyordum, ama, gözleri pırıl pırıl parlayarak yeni bir fikirden bahsettiği zaman, her seferinde onunla beraber ben de ümide kapılıyordum.

On iki yıl evlilikten sonra Gerald mahkemeye boşanma dilekçesi verdiğinde, kredi borçlarımızı yeni ödemiştim, muayenehanem de iyi işliyordu. Bunun arkasından gelen günlerde Gerald'ı kendi davasında fevkalade bir avukat olarak tanıdım.

Gerald nihayet yeniden mahkeme salonlarına adımını atınca çiçek gibi açtı. Yargıcın karşısına çıkmaktan keyif alıyordu. Ne yazık ki, sırf o değildi keyiflenen. Boşanmamızın eğlence değeri o kadar yüksekti ki, mahkeme salonunda tek bir yer bile boş kalmıyordu. Gerald düpedüz tiyatro oyunları sahneliyordu. Yerel basın bayılıyordu. Yemin ederim ki, yargıç ve avukatım da bizim davadan haz alıyorlardı.

Bu sabah da parlak bir oyun çıkarmıştı. Gerald'ın istekleri o kadar akıl almazdı ki, nafaka ödeyebilmek için günlerime ekstra çalışma saatleri eklemek zorunda kalıyordum. Yine anlaşamamıştık ve dava ertelenmişti. Yüksek bir hayat standardına alışkın olduğu için, Gerald'ın bu muazzam meblağı isteme hakkı olduğunu açıkladı avukatım bana mahkeme binasının önünde, sabırla. Öfkeden köpürdüm.

"Kurnaz bir tilki bu Gerald, gerçekten..." dedi avukatım gereğinden fazla bir hayranlık duygusuyla.

"Savunmayı nasıl yapıyor... uyanık çakal, pes yani!"

Gülerken avukatın göbeği bir aşağı bir yukarı sallanıyordu. Zoraki kendini toparladı ve yine profesyonel bir surat takındı.

"Ama dert etmeyin, onu tuzağa düşüreceğiz. En kötü durumda, iki yıl nafaka ödemek zorunda kalırsınız. Sonra kendisine iş araması gerekecektir. Ancak..."

"Ne ancak?" diye bağırdım.

"Ah, kafanıza takmayın," diye tavsiyede bulundu ve çekti gitti.

Muayenehaneme geri döndüğümde, yardımcım Bayan Meier'e, gözyaşları içinde, artık maaşını ödeyemeyeceğimi söyledim. Bayan Meier kısaca düşündü ve sonra:

"Çabucak nasıl para edinebileceğimiz konusunda bir fikrim var," dedi.

Gözyaşlarımı sildim. "Nasıl?"

"Sizin fotoğraf makinası gibi bir hafızanız var, ben de sayılar konusunda yetenekliyim," diye açıklamaya başladı.

Bayan Meier'in planı ve Gerald hakkındaki düşüncelerimi bir kenara ittim ve kendimi yine Agnes'e verdim.

"Blumenthal Hastanesi'nde stajyerlik yaparken bu Dobrowsky ile tanıştığınızı söylediniz." Agnes başını salladı evet anlamında.

"Anlatın, stajyer günleri nasıldı sizin için?" diye sordum.

"Erkek kardeşim Egon benden iki yaş daha büyüktür. O tahsilini tamamlamıştı ve iki aydır Blumenthal'da asistan doktor olarak çalışıyordu. Egon sayesinde, orada bir stajyer aradıklarını öğrendim. Jinekoloji benim ikinci staj yerimdi. İlk önce Dahiliye bölümündeydim."

"Dobrowsky ile nasıl tanıştınız?" diye sordum.

"O akşam hastanede eğitim programı vardı. Çok telaşlıydım, hatırlıyorum. Program başlamadan önce yazıp bitirmem gereken bir rapor vardı..." diye anlatmaya başladı Agnes.

Eski daktilonun tuşlarına tak tak vuruyordum. Acelem vardı, imla hatalarını es geçiyordum. Tipp-Ex katılaşmıştı, sürüp de sabırsızlıkla üstüne tekrar yazdığım yerlerde tabülatör beyaza boyanıyordu. Asistan doktor ofislerinin birinde unutulmuş olan daktilo, cinsinin en son modellerindendi. Hastanenin geri kalan kısmı, modern, elektrikli, düzeltme bantlı daktilolarla donanmıştı.

Aceleyle "hküm ve prosdr" yazdım ve iki nokta üstüste koydum. Bir sonraki cümleyi kâğıttan okudum. "Konjestif kardiyomegali kalp yetmezliğinin ileri devresinde obstrüktif hipertrofik kardiyomiyopati."

Bunca laf kimin aklına gelirdi ki? Bana kalsa, hasta sadece yaşlıydı. Ama Dahiliye Bölümü başhekimi Brunner, yaşlılığı böyle bir hastalık olarak ifade ediyordu.

Doksan altı yaşındaki kadına yapılması öngörülen muayenelerin sonsuz listesini yazdım. Kâğıdı daktilodan hızla çekip aldım ve koşturdum. Laboratuvar değerleriyle daha sonra ilgilenecektim. Eğitim altı buçukta başlamıştı. Konferans salonuna yavaşça girip, erkek kardeşim Egon'un yanına oturdum. Brunner, kâğıtları projeksiyon aletine makineli tüfek hızıyla koyuyordu. Kafam şimdiden vızıldıyordu. Sessize aldım. Ses kısık olunca Brunner'ı seyretmek çok daha eğlenceliydi. Ayaklarıyla tepiniyor, ellerini sallayıp duruyor ve ağzından çıkan kelimeleri yumruğuyla vurguluyordu, adeta her kelimeyi kafalarımıza mıhlamak istiyordu. Gizlice etrafıma bakındım. Yanımda oturan Egon esaslıca esniyor, onun yanındaki bir arkadaşın da kafası neredeyse boynundan kopuyordu. Brunner birden: "Laksatif suistimali!" diye bağırarak herkesi ürküttü. Yılgın bir halde ben de diğerleriyle beraber not aldım.

Brunner'ın bölümünde yaklaşık üç aydır stajyer olarak çalışıyordum. Adam delinin tekiydi. Bir ay önce, genç bir laborant olan Rita Krieg ile nişanlandığı haberiyle hepimizi şaşırtmıştı. Normal zamanlarında çuvala doldurulmuş kediler gibi asabi olan Brunner'ın yüzü ışıldıyordu. Bu öforik günlerinde herkese sen diye hitap etmeyi teklif etmeye başlamıştı. Ben bir gün fizyoterapist Elfie ile öğle yemeği yerken, gelip masamıza oturdu ve uyguladığı ilksel çığlık terapisini anlatmaya başladı. Elfie ile kendisini saygıyla dinlerken göz ucuyla birbirimize çaresizce bakıyorduk. Birdenbire bizi birer kolumuzdan tutup arabasına doğru sürükledi. Şaşkınlıkla geçen beş dakikalık yolculuktan sonra ormana vardık. Elfie sessizce dudaklarını "dışarıya fırlayalım mı?" diye şekillendirdi. Ama kaçmak için çok geçti. Brunner arabasını park etti, arabadan indik. Sonra kafasını arkaya doğru kıvırdı ve muazzam bir nara attı. Ardından tekrar arabayla geri döndük. Tek kelime söylemeden bizi hastanenin önünde indirdi.

Birkaç gün sonra Brunner'ın ruh hali tekrar değişmişti. O zamandan beri onu uzaktan gören bir köşeye kaçıyor ve kendisine gene siz diye hitap ediliyordu. Önümüzdeki hafta Jinekoloji Bölümü'ndeki işime başlıyacaktım. Günleri iple çekiyordum.

Brunner konuşmasını bitirmişti. Aparatlar kapatılmadan aceleyle laboratuvara koştum. İçerden neşeli kahkaha sesleri geldiğini duyunca şaşırdım. Laborant kızların dördü de bir adamın etrafında toplanmıştı. Adam bana doğru döndü. Bu Dobrowsky idi, hastanedeki yeni jinekolog.

"Ah, bu saatte çalışması gereken biri daha geldi!" diye bağırdı neşeyle.

"Sonuçlar için uğradım. Acil durum..." diye kekeledim.

Rita, yüzünde suçluluk ifadesiyle bulunduğu yerden fırladı ve aletlerle uğraşmaya başladı. "Dur canım, nefes al biraz," diye güldü Dobrowsky. Kadehe şampanya doldurdu ve kendini "Hermann," diye tanıttı. İkinci şişeyi boşalttıklarını fark ettim. Ambiyans da buna uygun olarak rahattı.

"Dahiliye'de acil diye bir şey yoktur," dedi Dobrowsky. Elimdeki kâğıda bir bakış fırlattı. "Senin hastan Wilhelm Tell'i şahsen tanımış olmalı. Bu yaşta artık hiçbir şeyin acelesi yoktur. Ama eğer gene de acil diyorsan, Rita bu gece laboratuvar değerlerini Brunner'ın kulağına fısıldayabilir."

Rita derece derece kızardı. Diğerleri ise, şampanyanın verdiği rahatlıkla kahkahalar attılar. O anda pizza kuryesi içeriye girdi. Dobrowsky bir yerlerden bir şişe şampanya daha çıkardı ve pizzasını benimle paylaştı. Bir şekilde boyuna şampanya şişeleri ortaya çıkıyor ve çabucak boşalıyorlardı. Gece yarısını biraz geçince, Dobrowsky, ertesi gün herkesin çalışacağını hatırlattı. Nöbeti olan ve ayakta durmakta zorlanan Rita'ya, bulaşıkları yıkamaya yardımcı olabileceğini söyledi. Biz diğerleri de, kıkırdaya kıkırdaya yalpalayarak oradan ayrıldık. Personel binasındaki odamın kapısını biraz zorlanarak açtım. Üstümdeki elbiselerle kendimi yatağın üstüne attım. Brunner ertesi gün laboratuvar değerlerine kavuşamamış olacaktı. O anda bunu müthiş komik buldum ve neşe içinde olduğum yerde uykuya daldım.

BÖLÜM 3

Agnes durakladı ve psikoterapiste baktı. O arkasına yaslanmış, gözlerini kapamıştı. Acaba öğle uykusunda mıydı?

Psikoterapistle yaptığı konuşmaların kendisine fayda getirip getirmeyeceğini bilmiyordu Agnes. Tekrar Blumenthal'da görünmeye hâlâ cesareti yoktu. Koller onu gerçekten işe almaya kalkarsa ne yapardı? Adam Agnes'i bu görüşmeye neden davet ediyordu ki? Belki de başhekimin onun kim olduğunu hatırlamadığını düşündü bir an. Olabilir miydi? Herhalde, beş yıl önce stajyerken bıraktığı etkiden sonra bu mümkün değildi. Ama ne olursa olsun bir işe ihtiyacı vardı Agnes'in.

"Altı aydır iş arıyorum. Çocuğunu tek başına büyüten, mesleki deneyimi olmayan bir kadına kimse iş vermek istemiyor," dedi, görünüşüne bakılırsa mutlu mesut kestiren psikoterapistine.

Hastalarla ilgilenirken mümkün olduğunca kendimi kontrol altında tutuyorum ama düşüncelerim habire oradan oraya geziyor. Bayan d'Estrées'nin, şampanyanın verdiği mutlulukla uykuya dalmış olduğunu öğrendiğim noktada ipin ucunu kaçırdım. Hiçbir mesleki tecrübesi olmadığını söylediğinde ürkerek kendime geldim.

Bir türlü tam olarak kavrayamıyordum bu vakayı. Çoklu kişilik bozukluğu teşhisimi tekrar gözden geçirmem gerektiğini düşündüm. Şizofreni hastası gibi görünmüyordu. Belki manik depresifti. Gerçi normalde bu tiplerle özel hayatımda karşılaşıyordum.

Şaşkınlıkla, hiç mi mesleğinde çalışmamış olduğunu sordum. Cevabını aldıktan sonra teşhisi koydum: paranoid kişilik bozukluğu. Kesin!

Bayan S. gözlerini kocaman açtı ve sordu:

"Tahsilinizi tamamladıktan sonra hiç çalışmadınız mı?"

"Çalıştım ama bunu ispat edemiyorum," dedi Agnes.

Bayan S.'in kaşları yukarıya fırladı.

"Yaklaşık üç yıl Haiti'de çalıştım," diye kendini savundu Agnes.

Psikoterapistinin kendisine hayal ürünlerini anlatan bir manyak muamelesi yapmasından hoşlanmıyordu Agnes. Birkaç detay sundu:

"Kızım Nicole, çocuk bakıcısının sırtında taşınmaktan çok zevk alıyordu. Bütün beyaz erkeklere "baba" diyordu. Haiti'deki klinikte ben keyifle çalışıyordum. Diş çekiyor, pala yaralarını dikiyor, frengi tedavisi yapıyor, çocukları aşılıyor, atları kısırlaştırıyordum. Doğumhanede işi olmadığı zamanlarda Rahibe Rosa, Nicole için dünyanın en iyi büyükannesi yerini tutuyordu. Bana kalsa, bu sonsuza dek böyle devam edebilirdi. Ama bir gün Baş Rahibe'nin parası bitti ve Voodoo büyücüleri sabırsızlanmaya başladılar. Sonuç olarak orayı terk etmek zorunda kaldık."

"Voodoo büyücülerinden mi kaçtınız? Çalışma belgesi almadan mı?"

Alaycı konuşmanın yeri değil, diye düşündü Agnes. Klinik müdürünün kellesi uçurulduysa, çalışma belgesini kimden isteyecekti ki? Hele bir de kelle ortadan kaybolduysa! Agnes'in, kızı Nicole'ü, Rahibe Rosa'yı ve yaşlı rahibenin bir an olsun gözünü ayırmadığı gizemli şapka kutusunu Haiti'den apar topar kaçırması gerekmişti. Ama bu da ayrı bir hikayeydi.

Bayan S.'in, onun psikopat olduğunu düşünmesi pahasına da olsa, bir dahaki sefere, Agnes d'Estrées'nin dışında başka birini konuşturmaya karar verdi Agnes. Böylece daha az kişiselleştirilmiş oluyordu hikaye. Erkek kardeşi Egon'un olaya girmesinin zamanı gelmişti.

Ben Egon, alto saksafon çalarım. Sekiz aydır doktorluk da yapıyorum, bu yüzden Blumenthal'daki hastanenin Kadın Hastalıkları ve Doğum Bölümü'nde buldum kendimi. Derdime, kız kardeşim Agnes derdi de eklendi. O yanımdayken, çıplak kadınları muayene etmek zorunda kalacağım diye kâbus görüyorum. Neyse ki şimdiye kadar bu durumdan kaçınabildik. Yatağımda yatmış, düşünceli düşünceli ellerime bakıyordum. Şu bir gerçekti ki, ben sakardım. Gün tam bir felaketti. Bütün sabah, Lindemann ve Agnes ile birlikte Koller'e ameliyat esnasında asistanlık yapmıştım. Yani aslında Koller ameliyat ederken, biz diğerleri ayak altında dolaşıp ona engel olmamaya çalışmıştık. Ameliyat masasında Koller'in boyuna uymak için, dizlerimin üstüne çökmem gerekiyordu. Kardeşimse, tersine, kısa boylu olduğundan, neredeyse omuzları yerinden çıkıyordu. Agnes'le benim ne yapmamız gerektiğinden bihaber oluşumuzu bırak bir tarafa, başasistan Lindemann'ın da uyur gezer gibi bir hali vardı. Böylece tüm ameliyat toplu bir işkenceye dönüşmüştü. Koller sonunda öfkeden köpürerek benim sakar olduğumu söyledi.

Şef şöyle demiş olsaydı daha az aşağılayıcı olurdu: "Bay d'Estrées, siz sakarsınız." Kendime doğrudan yapılan eleştiriyle başa çıkabilirim. Ama hemen Koller'in yanında durduğum halde, adam Agnes'e döndü, parmağıyla beni göstererek: "Sakarlığın daniskası!" dedi. Sanki ben kardeşimin koltukta bıraktığı pis bir lekeydim.

Hoyratça suçlanan ellerime baktım: Düzgün şekilli, ince parmaklı hassas sanatçı elleri, bir beceriksizin elleri değil. Saksafon çalmak için biçilmiş gibiler. Her Çarşamba akşamı caz grubumla prova yaparım. Şimdi, dünyanın bir ucundaki, bu dağbaşı gibi yerde ömür tüketirken bile, haftada bir defa sırf Zürih'teki grubumla buluşmak için, saatlerce araba kullanmaya razıyım. Perşembe günleri de, avurtlarım çökmüş, traşsız, saçım başım darmadağın, pejmürde bir halde koridorlarda gezinirim.

Saksafon çalarken kadınları hayal ederim hep. Diğer zamanlarda da gerçi. Ellerim, müzik yaratmak, bir sevgilinin vücudunu okşamak, uzun, mis kokulu kadın saçlarını parmaklarımın arasında kaydırmak ister.

Yine bir Perşembe akşamıydı. Yorgunluktan yarı ölü bir halde personel odamdaki yatağımda yatıyordum. Fantezilerim ilerledikçe, nefesim hızlanmaya, vücudum ritmik olarak hareket etmeye başladı.

Bir süre sonra duşun altındayken, personel partisine katılmaya karar verdim. Agnes de gideceğini söylemişti. Kardeşim, aşk derdine düşmediği zamanına denk gelinirse, eğlenceli kızdır. Bir defasında, evli bir profesörle ilişkisi olmuştu. Adam ortadan toz oluverince, gözlerinde yaş kalmayıncaya kadar ağlamıştı. Bir süredir de, insan arasına girmem için, beni boş zaman kurslarına sürüklüyor. Bu kursların hepsi birbirine benziyor. Ve hepsi de, benim gibi, kendine kadın arayan erkeklerle dolu.

Geçen hafta sonu katıldığım kursta, bütün sabah boyunca, bir adamın kıllı sırtına masaj yaptım. Ne kursu olduğunu bile bilmiyorum, Tao-Yoga mıydı, Shiatsu muydu? Öğleden sonra, partner olarak kendime hemen bir kadın kaptım. Ne var ki, bir az sonra sabahki adamı özler haldeydim. Sırt masajı istemiyordu hatun, en azından benden istemiyordu; bacağına kramp girdiğini iddia etti ve sürekli mızmızlandı durdu. Kurs hocası beni bir kenara çekti ve işin tekniğini tekrar anlattı. Kadın bu arada salonun en ücra köşesine kaçtı. Ben de sırtı kıllı adamla başbaşa buldum kendimi gene.

Personel partisine belki de gitmem.

Agnes'in, başka birini konuştururken, görüntüsünü de girdiği şahsiyete uydurduğuna neredeyse alışmıştım artık. Buna rağmen, genç erkek sesli Egon'dan, kalantor başhekim Koller'e dönüşmesi ürperti vericiydi. Hiç değilse, şimdi Koller olarak anlatmaya devam etmesine razı olup olmadığımı sordu.

"Hadi Bay Koller!" dedim heyecanla.

İnsan kalabalıklarına girmekten boşu boşuna nefret etmem.

Ben katıldığımda, personel partisi çoktan başlamıştı. Dahiliye'den meslekdaşım Brunner, hafif kafayı bulmuş olduğu belli bir halde, kolumdan tuttu, sır söyleyecekmiş gibi, yüzünü kulağımın dibine soktu. "Hangisi sence daha gülünç? Ayakkabılarını çorapsız giyen adam mı yoksa yatağa çorapla giren adam mı?" diyerek alkollü nefesini yüzüme üfledi. Şaşkınlıkla baktım kendisine. "Bu soruya cevap vermen gerekmiyor," dedi bilmiş bilmiş ve yanımdan uzaklaştı.

Ayağımda çorapla yatmak beni şahsen rahatsız etmez. O sırada Dobrowsky'yi gördüm. Tüylü ayakları, ayakkabılarının içinde çıplaktı. İçim kalktı, başka tarafa baktım.

Günün diğer anlamsız lafı ise, biri sırık boylu, biri de alçılı bacaklı asistan doktorlarımla sohbet eden yeni stajyer kızın ağzından çıktı: "Kel erkekleri daha erotik buluyorum." Kimi ima ettiğini bilmek bile istemiyordum.

Boş boş ortalıkta dikilmemek için, elime bir bardak aldım, bardağa fıçıdan bira doldurdum. Ilık içecek köpürdü ve elimin üstünden aktı. Sıkıntıdan terliyordum. Herkes dans etmek, yemek yemek, kafayı çekmek, şakalaşmak ve flört etmek maksadıyla gelmişti oraya. Kısacası eğlenmek amacıyla. Ben ise mecbur olduğum için gelmiştim. Başhekim olarak görevlerimden biriydi bu. Bir de konuşma yapmam gerekecekti.

Ben ne espritüel ne de yaratıcıyımdır. Konuşmalarım tatsızdır haliyle. Topluluk karşısında konuşurken heyecandan dilim dolaşır. Aslında bunlar bir değil bir yığın sorun! Sadece bir seferinde, yıllar önce, bir Noel partisinde minicik bir konuşmayı başarıyla kıvırmıştım. O zamanlar tam başasistanlığa terfi etmiştim. Kliniğin en seksi kadını beni arzuluyordu. Sırılsıklam aşıktım Marion'a. Bu ruh halinde, eski dostum Dobrowsky ile bile barışmaya hazırdım. Ne de olsa, geçmiş günlerde aramızdan su sızmayan bir ilişkimiz vardı.

Şimdi yaşım daha ilerlemişti, kendime güvenim artmıştı. Ama, kel kafasını bile erotizm sembolü olarak sunan bu çıplak ayaklı palavracının yanında kendimi sanki başhekim değilmişim gibi hissediyordum.

Tabağıma büfeden patates ve taze fasulye salatası koydum. Tabağın ortasında, sucuk ve peynir dilimleri için yer ayırdım ve boşlukları pilav salatasıyla doldurdum. Onun üstüne de jambonlu sahanda yumurta attım. Dobrowsky birden arkamda belirdi. Tabağımdaki yemek yığınının üstüne bir parça Camembert peyniri yerleştirdi, bir adım gerileyerek tabağımı süzdü:

"Azıcık aşım, kaygısız başım!" dedi.

Bu tür laflardan öyle nefret ederim ki! Hışımla bardağımdan bir yudum aldığımda bira genzime kaçtı, tıkandım. Ben nefes almaya çalışırken, Dobrowsky ürkerek bir adım daha geriye sıçradı.

"Koller, dur yahu, acelen ne? Kusan bir kedi gibi ses çıkarıyorsun."

Elimdeki tabağı ve birayı önüme çıkan ilk masaya pat diye atıp öksürerek uzaklaştım oradan.

"Böyle giderse, pek yakında diğer hastaların da benim başıma kalacak," diye bağırıyordu arkamdan.

"Acaba Bayan S. kaç yaşındadır?" diye düşündü Agnes. Otuzlu yaşların sonunda diye tahmin ediyordu ama belki de dudaklarını sıkıştırdığı için olduğundan yaşlı görünüyordu. Bugün psikiyatriste, kendisine neden Bayan S. dedirttiğini sormuştu. O da buna gülmüş ve o anda birden çok daha genç görünüvermişti. "Bayan S.", Freud'un "id" kavramı anlamına gelen Almanca "Es" sözcüğünden geliyor, diye açıklamıştı. Aslında, üniversiteyi tamamladığından bu yana artık onu kimse bu şekilde çağırmıyormuş.

Agnes kadını bir türlü çözemiyordu. Yine de bu arada kendisinden hoşlanmaya başlamıştı. Beş yıl öncesi hakkında tarafsız birisiyle konuşmak iyi geliyordu ona. Oysa bazen kadının yüzündeki ifade o kadar kasvetli oluyordu ki, Agnes'in tüyleri ürperiyordu. Acaba psikiyatrist tüm hikayeyi öğrendiğinde kendisini tutuklattırır mıydı? Ama aslında, kadının söylediği tek bir kelimeye bile inanmadığından emindi.

Bayan Meier'in, çabuk zengin olma planı basitti.

"Benim sayılarla aram iyi, sizin de fotoğraf makinası gibi bir hafızanız var," diye tespitte bulundu.

Malesef şimdiye kadar bu yetenek sayesinde tek başardığım şey, Gerald ile yaşadığım seksin en minik optik ayrıntısını hatırlayabilmekti sadece. Bayan Meier, itirazımı önemsemedi.

"Bunun nedeni, şimdiye kadar sırf bu konuya odaklanmış olmanız. Enerji düşünceyi takip eder. Bu bir kuantum mekaniği yasasıdır," diye açıkladı bana mütevazı bir tavırla. Bu cümleyi eğer daha önce bugünkü takvim yaprağında okumamış olsaydım, çok daha etkilenmiş olacaktım.

"Sizin aklınız matematiğe cin gibi çalışıyor, benim de Gerald'ın cinsel organının her bir kılını gözümün önünde canlandırma yeteneğim var. Ama bunlarla nasıl para kazanılır ki?" diye sordum.

"Black Jack!" diye bağırdı Bayan Meier.

"Yani?"

"Ben sizi kart sayma konusunda eğiteceğim, sonra da casinoya gideceğiz."

Güldüm. On dakika sonra Agnes'in karşısında otururken, bu konuşmayı çoktan unutmuştum bile.

"Size daha önce Rahibe Rosa'dan bahsettim mi?" diye sordu bana Agnes.

Kaşlarımı ovuşturdum, sonra da anlatmasını istedim.

Bu hastanede artık benden başka rahibe hemşire kalmadı. Yirmi yıldır ebe olarak Doğum Bölümü'nün başındayım. Eskiden o kadar çok doğum olurdu ki, gece gündüz kesintisiz çalışırdım. Bebekleri ikişer ikişer yatırırdık bebek yatağına. Yani o denli çok doğum olurdu. O zamanlar geçti artık. Şimdi, vakit geçirmek için, tonton bir büyükanne gibi, işe giderken örgümü yanımda götürüyorum. Böylece en azından ellerim meşgul oluyor, yoksa, yerimde duramadığımdan etrafta koşuşturuyorum.

Geçenlerde, bebekleri olacak bir çift, doğumhaneyi gezerken, ebelerin, içi geçmiş kaldırım kargası gibi olmadığı bir özel kliniği tercih edebileceklerini fısıldaşıyorlardı aralarında. Bu kabalığı duymamazlığa geldim. Ben içi geçmiş biri değilim. Biraz kuruyum sadece. Kabul, erik gibi kütür kütür olmadım hiçbir zaman. Belki de Güney Rodezya'nın insafsız güneşi beni o hale getirmişti. Daha on yedi yaşımdayken, Matabeleland'daki misyoner hastanesinde, bebeklerin göbek kordonunu bağlarken ya da, bir nehir timsahıyla tanışmasından sonra Peder Franz'ın baldırı kesilirken yardımcı olduğum zamanlarda bile, kara kuru bir kızdım. O günlerde, misyona giderken bataklıktan geçmek zorundaydık. Su çeneme kadar gelirdi, amputasyon aletlerini kafamın üstünde taşırdım. Misyona vardığımızda, bedenimizi sülüklerden temizlemek için bile vaktimiz olmazdı. O zamanlar da heyecanlandığımda zıp zıp zıplardım. İnsanların çoğunun sadece ancak omuzuna geliyorum, herhalde o yüzden zıplayıp duruyorum.

Geçen gün Baş Rahibe ile görüştüm. Haiti'de yeni açılmış olan misyoner hastanesi için deneyimli bir ebe aradığından bahsetti. Gülerek, bu pozisyon için fazla yaşlı olduğumu söyledim. Başını hafifçe eğdi sadece. Sükunetini bozmadan, Matabeleland'da birlikte geçirmiş olduğumuz zamanı anımsattı bana. Elbette istese beni kolayca herhangi bir yere tayin edebilirdi. Bana sorması bile gerekmezdi.

Peder Franz, bacağı kesildikten sonra memleketine geri çağrılmıştı. İyi bir insandı Peder. Her konuda cömertti, kilise kurallarını yorumlama konusunda bile. Yerli bir kadından bir sürü çocuğu vardı. Hatta büyükbaba bile olmuştu. Avrupa'ya ne diye geri gidecekti ki? O zamanlar daha yirmi yaşında ve adı henüz Rahibe Ursula olan, o günden bu güne amirim Baş Rahibe, pederin bu müşkül durumuna pratik bir çözüm bulmuştu. İlgili makama, Peder Franz'ın artık aramızda olmadığını bildirerek ölüm kâğıdı çıkarmış, böylece Peder ömrünün sonuna dek köyünde, çoluğunun çocuğunun yanında yaşamıştı. Onun halefi, bencil ve rüşvetçi yaşlı bir rahipti; yerlilerin vahşi hayvanlar olduğunu düşünüyordu. Bu arada İkinci Dünya Savaşı patlak vermişti. İlaç ikmali zorlaşmıştı.

Rahip, hapları hastalara vereceğine, kendisi için istifliyordu. Kabile reislerine Aspirin'i sıtma ilacı olarak satıyordu. Ben de ilaçları tekrar gizlice değiştiriyordum. Günlerden bir gün, zor bir doğum için, komşu köye çağrıldım. Birkaç gün sonra geri döndüğümde, rahip sıtmadan ölmüştü. Böyle olmasını istemezdim ama bunu değiştirmek imkansızdı. Rahibe Ursula'ya, pişmanlıkla ne yaptığımı anlattım. O, bütün bunların aslında kendi suçu olduğunu düşünüyordu. Peder Franz'ın ölüm kâğıdı sahtekarlığını yapmamış olsaydı, belki bize başka, daha kibar bir rahip halef olarak gönderilmiş olacaktı. Bu baş belası adamın başımıza gelmiş olmasını hakettiği cezası olarak görüyordu. Rahip benim yüzümden ölmüş olduğu için, şimdi ikimiz de cezalandırılmalıydık. Rahibe Ursula, bizim için özenle her biri birbirinden daha tüyler ürpertici görevler seçti. Böylelikle birlikte Afrika'nın iç kısımlarında uzun bir zaman geçirdik. Bunlar benim en güzel yıllarım oldu.

Yani, Baş Rahibe ile çoktandır tanışıyoruz. Beni Haiti'ye tayin etmesi için önünde diz çöküp yalvarmamı sabırla bekliyor. O konuşmadan bu yana, tuhaf hayvan sesleriyle dolu tropikal geceler, sokakları kırmızı çamura bulayan yağmurlar, gaz lambası ışığında gerçekleştirilen ameliyatlar yine rüyalarıma girer oldu.

BÖLÜM 4

Agnes, mahzun bir edayla kahve kupasını bir kenara koydu. Egon ve Elfie'nin misafir odasındaki çalışma masasında oturmuş, iş başvurusu mektubu yazmaya uğraşıyordu. Nicole de, annesinin kucağında, renkli kalemleriyle çubuk adamlar çiziyordu.

"Bu bir dejavu duygusu gibi... Veya kuyruğunu ısıran bir kedi gibi... Ya da kendini tamamlayan bir çember gibi..." diye açıklamalar yaptı Elfie'ye.

Elfie kafasını anlayışla salladı. Agnes henüz tatmin olmamıştı verdiği örneklerden.

"Ya da bir sonsuz döngü, insanın içinde durmadan koştuğu ama hep aynı noktaya vardığı bir kabus."

Elfie esnedi.

"Kimsenin böyle kabuslar gördüğünü sanmıyorum, anlattıkların daha ziyade eski moda bir korku filmini hatırlatıyor," dedi. Agnes daha başka örnekler sunmaya kalkışmadan, "Ama senin ne demek istediğini biliyorum," diye ekledi hemen ardından.

Agnes, Elfie'nin ne demek istediğini bildiğini biliyordu. İkisi de, üç yıl önceki o günü, yani Haiti'den kartpostalın geldiği günü düşünüyorlardı.

Agnes o zamanlar üniversiteyi daha yeni bitirmişti. Ve aynı bugün gibi, Nicole kucağında, aynı çalışma masasında oturuyordu. Nicole keyifle ilk hecelerini söylemeye çalışırken, Agnes, kendisinin içinde bulunduğu durumun, "Çocuğunu tek başına büyüten ve hiçbir iş deneyimi olmayan," ifadesinden farklı bir şekilde anlatılıp anlatılamayacağını düşünüyordu. Küçük kızı, minicik elleriyle masaya pat pat vurarak, boş kâğıdın üstünde yapışkan lekeler oluşturuyordu.

O sırada oda kapısı açılmış ve Elfie fırtına gibi içeriye girmişti. Agnes, yarı dolu kahve kupasını derhal emniyete almıştı. Elfie, elindeki kartpostalı yüzünün önünde sallayıp duruyordu. Resimde görülen, soluk ve suni renklerde bir sahil ve sahildeki çirkin evlerin manzarasıydı. Muhtemelen, bu kartpostal, satılmadan önce, yaşamının birkaç yılını, bir üçüncü dünya ülkesindeki bir dükkanın satış tezgahında, kızgın güneşin altında sürdürmüştü. Agnes kartın arkasını çevirdiğinde, biraz zorlandıktan sonra göndericinin adını okuyabilmişti; Haiti'de bir misyoner hastanesinde çalışan Rahibe Rosa, yazdığı kartta işinden coşkuyla bahsediyordu. Rahibe Rosa'nın coşkusu, Agnes'in iş aramadaki başarısızlığı kadar büyüktü.

Elfie, Nicole'ü omuzlarına almış, kişneyerek odada koşturuyordu. Küçük kız halasını saçlarından çekiyor, ikisi de avaz avaz bağırarak eğleniyorlardı. Elfie muhtemelen daha çok acıdan bağırıyordu. Agnes'in gözleri gözyaşlarıyla dolmuştu. Ağabeyi ve yengesi ona küçücük evlerinin kapısını cömertçe açmışlardı. Kendisini ve kızını candan sevdiklerini biliyordu. Ama ev dar geliyordu. Nicole ile birlikte yerleştiği oda aslında çocuk odası olarak planlanmıştı, karaya oturmuş akrabalara barınak olarak değil.

Agnes, Rahibe Rosa'nın çalıştığı organizasyonun telefon numarasını bulmuş, fazla düşünmeden aramıştı numarayı. Doktor olduğunu ve iş aradığını anlatmıştı. Daha aynı gün Baş Rahibe ile görüşmeye çağrılmıştı.

Agnes, rahibenin ofisinin, cennet gibi bir yerde, eski bir manastırın içinde olmadığını görünce düş kırıklığına uğramıştı. Ofis, kentin ortasında, bol trafikli bir caddedeydi. Çok katlı bir iş hanında, avukat ve muhasebe büroları arasında sıkışmış, kuytu, daracık, penceresiz bir odaydı burası. Agnes ne beklediğini tam bilmiyordu gerçi ama, yine de şaşırmıştı gördüklerine. Rahibe Rosa ile aynı yaşta gibi olan Baş Rahibe, uzun boyluydu ve normal kıyafetler giymişti. Yani normal deyince, Kraliçe 2. Elisabeth tarzı anlamında normallik. Agnes'i heyecanla buyur etmişti. Genç doktorun bir bebeği olduğunu öğrenince, sanki bir an tereddüte düşmüş gibiydi. Sonra da, misyondaki yaşamın kesinlikle güvenceli olduğunu iddia etmişti. Uydurduğu yalanların affı için Baş Rahibe'nin o gün bu gündür günah çıkardığına dair bahse girebilirdi Agnes. Misyonda çalışan son doktorun bir yıl önce kaçıp gitmesiyle boş kalmış olan pozisyon böylece kendisine verilmişti.

Aradan üç yıl geçip, Haiti'den paldır küldür kaçtıktan sonra, Agnes, Egon ve Elfie'nin kapısını çalmıştı gene. İçeriye alınmayı bekleyen bakımsız üç zavallı sokak köpeği gibi dizilmişlerdi eşikte. Elfie, kapıyı açtığında bir çığlık atmış ve Agnes'in boynuna sarılmıştı. Rahibe Rosa, bitkinlikten kalp krizine kıl payı kalmış bir halde yere yığılıvermişti. Egon yaşlı kadını içeriye taşımış, doktor çantasından bir nitro plasteri çıkarıp kadının göğsüne yapıştırmış ve, "Toparlanır şimdi," demişti. Elfie, Agnes'in kucağında uyuyan Nicole'ü alıp içeriye götürmüştü. Agnes de bir eliyle külüstür bavulunu, diğer eliyle de Rahibe Rosa'nın, Haiti Ada'sından kaçtıklarından beri hiç gözünü üstünden ayırmadığı şapka kutusunu almış, ikisini zor bela içeriye sürüklemişti. Elfie, hemen şiltelerden oluşan bir yatakhane yaratmıştı. Agnes, daha başı yastığa değmeden uykuya dalmıştı bile.

Ertesi sabah, Elfie, küçük mutfağında yaptığı bir fincan mis gibi kokulu taze kahve ile ağırlamıştı görümcesini. Agnes, başından geçenleri özet halinde anlatmıştı. Elfie, Agnes'in doğal sınır üzerinden Haiti'den Santo Domingo'ya tüyler ürpertici kaçış hikayesini dinlerken, sevgiyle sırtını okşuyor, ya da, omuzuna sarılıyordu.

Elfie bir süre sonra, "Siz uyurken o şapka kutusunun içine baktım," diye itirafta bulunmuştu. Agnes omuz silkmişti. Kutunun içinde ne olduğunu o da biliyordu.

Rahibe Rosa, uyanır uyanmaz pür telaş Baş Rahibe'sine gitmek istemiş, ama yine yığılıp kalmıştı. Ancak, Elfie ve Agnes, kutuyu Baş Rahibe'nin eline teslim edeceklerine söz verince sakinleşmişti. Bir ay sonra, Rahibe Rosa, tekrar Blumenthal'da ebe olarak çalışmaya başlamıştı.

Bu olayların üstünden altı ay geçmişti. Agnes hâlâ kızıyla birlikte Elfie ve Egon'un küçücük evindeki müstakbel çocuk odasında yaşıyordu. Baş Rahibe bir manastıra çekilmiş, sessizlik yemini etmişti, artık kimseyle görüşmüyordu. Şapka kutusu, içindekiyle birlikte, Agnes'in yatağının altında tozlara bulanmıştı.

Belki de Blumenthal'a geri dönmek hiç de fena fikir değil diye düşündü Agnes.

***

Psikoterapistin yardımcısı Bayan Meier, Agnes'i neşeyle karşıladı ve beklerken kendisine bir fincan kahve getirdi. Bayan S.'in önemli bir telefon konuşması olduğunu ama birazdan kendisini içeriye alacağını söyledi.

"Avukatıyla mı konuşuyor?" diye sordu Agnes hiç düşünmeden.

Bayan Meier'in pembe yanakları ateş kırmızısına dönüştü. Sanki birdenbire Agnes'ten hoşlanmaz olmuştu. Agnes mırıldanarak özür diledi ve yüzünü eski püskü bir moda dergisinin arasına gizledi. Neyse ki, Bayan S.'in telefon görüşmesi fazla sürmedi ve Agnes'i, Bayan Meier'in ateş saçan bakışlarından kurtardı.

Bayan S. sanki biraz neşe kaldıracak gibi görünüyordu. Farklı anlatıcıların rollerine büründüğünde, psikoterapistin kendisine hayranlıkla baktığını fark etmişti Agnes. Alçak sesli, ufak tefek, yaşlı rahibe rolünden, kasıntılı Dobrowsky'ye geçmek Agnes'e keyif veriyordu. Bayan S.'in kendisini daha kolay takip edebilmesi için, o anda kimin rolünü oynadığını açıklıyordu.

"Şimdi Dobrowsky geliyor," dedi. "Hatırlıyor musunuz? Koller ve asistan doktor Marion'un sevgili olduklarını anlatmıştı tam."

Bayan S. başını eğerek tasdik etti.

Koller'le dalga geçmeye devam ettim. Ama artık keyif almıyordum. Koller'in yüzündeki kendini beğenmiş sırıtış hiçbir şekilde yok olmuyordu. Birilerinin kendilerine bakmadığını sandıkları anda, hemen öpüşüp koklaşmaya başlıyorlardı. Bir süre sonra artık hiçbir şey umurlarında değildi. Herkesin gözü önünde, Koller dilini Marion'un ağzına sokuyor ve Senbernar köpeği gibi şapırdamaya koyuluyordu.

Koller ve Marion ile bir keresinde öğle yemeğinde makarna yiyorduk. Koller, adabına uygun yemeyi ömrü boyunca öğrenmemişti. İlkokula giderken, annemin yemek yapmayı unuttuğu günlerde, öğlenleri Koller'in peşine takılırdım. Babam ortadan yok olduktan sonra bu sık sık olmaya başlamıştı. Annem hap kullanıyor, hapları da alkolle yutuyordu. Koller'in annesiyse zaten yorgunluktan harap olmuş durumdaydı. Muhtemelen yemek masasında benim varlığımı fark etmiyordu bile. Kadının yedi oğlu vardı. Biz o zamanlar hepimiz yemeklere aç domuz yavruları gibi saldırır, masada ne varsa silip süpürürdük. Koller hâlâ ağzını şapırdatarak yiyor ve domates salçasını etrafa sıçratıp duruyordu.

"Yemlikteki domuzu anımsatıyorsun Koller. Üstelik her tarafını sosa bulaştırdın," dedim.

"Dobrowsky, yetişkin adam ol artık," diye mırıldandı Marion, yataktan yeni kalkmış bir sesle.

Dili, kırmızı rujlu dudaklarında yavaşça dolandı. Ağzını Koller'in yüzüne yaklaştırdı. Beyaz dişlerinin arasından dilinin pespembe ucu görünüyordu. Gözleri sadece Koller'in yüzündeydi. Adamın dudaklarındaki domates sosunu yalamaya başladı.

Tiksintiyle masayı terk ettim. Ben giderken Marion bana göz kırptı. O gece, o küçük sarışının pembe diliyle vücudumdaki domates salçasını yaladığını hayal ettim. Nöbetçi doktor odasının kapısına vurulduğunda yatağa yatmış, uykuya dalmak üzereydim. Biraz asabi bir halde bağırdım:

"Kim o?"

Kapıdaki Marion idi. Elinde, üstünde krem şanti yığını olan bir dondurma kasesi tutuyordu. Kapıyı ayağı ile hafifçe ittirdi, sonra da anahtarla kilitledi. Ayağındaki ayakkabıları bir köşeye fırlattı.

"Krem şantili dondurma?" diye sordu kısık bir sesle.

Marion bütün gece yanımda kaldı. Krem şanti domates salçasından kesinlikle daha iyiydi. Çok daha iyiydi.

Agnes mahcup bir şekilde sessizleşti. Dobrowsky'nin seks hayatından bu kadar zevkle bahsetmek nereden aklına gelmişti ki! Haşhaşlı kurabiyeler buna neden olmuş olacaktı. Dün yine Egon'un eski bir dostundan bir koli gelmişti. Elfie kendine hakim olmuştu, zira hamile olup olmadığından emin değildi. Egon ise daha elini uzatamadan Agnes saldırmıştı haşhaşlı kurabiyelere. Kurabiyelerin etkisi yavaş yavaş geçiyordu. Agnes'in canı istemiyordu artık başkalarının seks hayatını düşünmek. Bu onu melankolik yapıyordu. Çekingen bir sesle, "Şimdi Egon'a anlattırabilir miyim?" diye sordu psikoterapiste. Bu seferinde, her zaman yaptığı şovdan vazgeçti. Bu da Bayan S.'i daha çok şaşırtmışa benziyordu. Ama Agnes anlatmaya başlar başlamaz, sesi ve beden duruşu elinde olmadan değişti. Bayan S. gözlerini kırpıştırdı. Kafası iyice karışmış gibiydi.

Personel partisinde canım sıkılıyordu. Agnes'in yanına gitmek istemiştim ama kardeşim bu mağara adamı gibi heriften pek hoşlanmış gibiydi. Erotik kel kafalar konusundaki manasız konuşması moralimi bozuyor ve kendisi için kaygılanıyordum. Dandik tiplere aşık olmak gibi bir yeteneği vardı Agnes'in. Bir öncekinden daha ancak toparlanıyordu. Dobrowsky'nin, kızkardeşimi ilerdeki masalardan birine götürmesini çaresizce izledim.

Yanımda duran iş arkadaşım Alfred'e döndüm. Benden bir derece daha kıdemliydi ve bir süredir sağ bacağı alçıdaydı. Bir kadını baştan çıkarmaya kalktığında, kelebek yakalarken düştüğünü anlatırdı. Anlaşılan kadınların kırık bacaklara ve kelebeklere zaafı vardı. Gerçekte, sarhoşken merdivenlerden yuvarlanmıştı.

Alfred'in gözleri kan çanağı gibiydi, boyun yerine iki çenesi ve bariz bir göbeği vardı. İkinci çenenin etrafında altın bir zincir takılıydı. Farklı nedenlerden morali sürekli bozuktu. Eski karısı, Alfred'i boşayıp kapı dışarı ettikten sonra, çocukları ve yeni kocasıyla birlikte Alfred'in evine yerleşmişti. Adam aslında asistan doktor olarak fazla yaşlıydı. Tam Blumenthal'da başasistan olmak üzereyken, bir kongrede merdivenlerden düşmüştü. Altı aydır, çeşitli ebatlardaki alçılarla geziyordu. Elinden kaçan başasistanlık pozisyonu, Alois Lindemann'a verilmişti.

Alfred, dizleri çıkmış fitilli kadife pantolonundaki ketçap lekesini sildi. "Biz öyle aşağılık herifleriz ki, biz öyle aşağılık herifleriz ki..." diye söyleniyordu sürekli. Her zamanki gibi abartıyordu. Bence, "Ben öyle aşağılık bir herifim ki," demesi yeterliydi.

"Neden buralardayız? Hekimliğin henüz anlam taşıdığı Afrika'ya göç edebilirdik. Niye bu kuş uçup kervan geçmeyen yerde kazık çakmış gibi oturup kalmışız?" diye sordu bana.

Sırf Alfred'in aşağılıklığından uzaklaşabilmek için Afrika'ya göç etmek geldi içimden. "Bilmem," dedim ve kütür kütür yeşil bir elmaya dişlerimi geçirdim. O esnada Elfie'yi keşfettim. Yani, kendini bana daha sonra Elfie diye tanıtan peri gibi kızı. Elmamı bir kenara koydum, bir kadeh beyaz şarap aldım, yarısını Rahibe Rosa'nın üstüne döktüm, yaşlı ebenin ayaklarını çiğnedim ve sonra Elfie'nin önünde dikildim.

"Merhaba, adım Egon," dedim.

"Ben de Alfred!"

Olamazdı bu! Aksayarak arkamdan gelmişti adam. İkisi hemen kırık bacaklar üzerine sohbete başladılar. Ben de ilgilenirmişçesine sesler çıkararak lafa karıştım ama beni göz ardı ettikleri için, "Alfred'in pek tatlı iki çocuğu var," dedim.

Böylece Alfred flört meydanında ölmüştü. Bu esnada oluşan sessizlikte, Elfie'yi içki büfesine sürükledim. Son derece kararlıydım. Ona ve kendime birer kadeh beyaz şarap doldurdum.

Elfie'nin saçları siyah ipek gibiydi, koyu renkli, çikolata kahverengisi gözleri vardı. Güneşe karşı döndüğünde, kulaklarında çok ince ayva tüyler gördüm. Ön dişlerinden birisi biraz daha öndeydi ve içerken, kadeh durmadan o dişe çarpıyordu. Konuşurken, belirli belirsiz, mahcup bir gülümseme gelip geçiyordu yüzünden.

"Sevdin mi?" diyerek burnumla şarap kadehine işaret ettim.

"Hayır." Hızla bir yudum aldı. Kadeh tın diye ses çıkararak çarptı dişine. Yine o mahcup gülümseme. Cesaretlenmiştim. Benden hoşlanıyor gibiydi. "Oturalım mı?" diye sordum. Başını evet anlamına salladı ve Agnes'in Dobrowsky'nin yanında oturduğu masaya doğru ilerledi. Millet zaten orada, iki bankın üstünde, oldukça sıkış sokuş oturuyordu. "Bir sandalye getireyim," deyip uzaklaştım. Hemen sonra geri geldiğimde, Dobrowsky'nin, "Gel kızım!" diyerek Elfie'yi belinden yakaladığı gibi yanına çektiğini gördüm. Elimde bir şahmerdan gibi tuttuğum sandalyeye bakakaldım. Elfie gitmişti.

"Yengenizin adının Elfie olduğunu söylememiş miydiniz?" diye sordu Bayan S.

Agnes sabırla onayladı. Bayan S. ile Elfie hakkında konuşmak istemiyordu. Elfie'nin günlerdir ağlamaktan gözleri şişmişti, zira hamile olduğunu fark etmişti. Hamilelik değildi problem olan, uzun zamandır çocuk istiyorlardı. Sorun, geçenlerde Elfie'nin Daiquiriyi fazla kaçırıp fitil gibi olmuş olmasıydı. İki dakikada bir Agnes'e, bunun çok mu kötü olduğunu sorup duruyordu. Agnes, Elfie'yi sakinleştirmeye çalışarak, böyle şeylerin hamileliğin başlarında dert olmadığını söylüyordu.

"Nereden biliyorsun?" diye soruyordu Elfie durmadan.

"Elfie, bundan beş yıl önce bu konuda her şeyi okudum. Nicole'e baksana, engelli mi görünüyor sence?" Elfie burnunu çekti ve birkaç dakika için sakinleşmiş göründü.

Agnes, Bayan S.'e, erkek kardeşi Egon'un Elfie ile beş yıldır birlikte olduğunu söyledi. Blumenthal'daki o yazdan hemen sonra evlenmişlerdi. Tanıdığı en mutlu çifttiler. Agnes, mutlu çiftler ve bebek bekleyenler hakkında konuşmak istemiyordu.

"Evet, şu andan itibaren Erwin Koller anlatıyor," dedi enerjik bir şekilde. "Halen personel partisinde ortada dolanıyor." Agnes, kendini başhekimliğe hazırladı.

Ben hâlâ şiddetli bir hıçkırıkla sarsılıyordum. Bütün bu topluluğun karşısında yapacağım konuşma, midemde taş gibi oturuyor, Marion'un anısı ve Dobrowsky'ye karşı duyduğum öfke, diyaframımın üstünde tepiniyorlardı. En yakın telefona doğru ilerledim.

"Koller," diye tanıttım kendimi. "Bayan Sarah, on dakika sonra beni arayın. O zaman, sizin beni acil bir vaka için çağırdığınızı söyler ve buradan uzaklaşırım. Teşekkürler."

Bayan Sarah'ya daha fazla açıklama yapmam gerekmiyordu. Telefon ederek, beni can sıkıcı toplantılardan kurtarmaya alışıktı. Bayan Sarah'nın talimatım üzeri bana telefon etmesinden sonra, hıçkırarak ofisime kaçtım. Kapıyı arkamda kapar kapamaz kendimi daha iyi hissettim. Masama oturdum, alçak sesli müzik dinleyerek pencereden gördüğüm manzarayı keyifle seyre daldım.

Zile basarak Bayan Sarah'yı çağırdım. Yapmasını çok güzel becerdiği o kremalı nefis kahveden istemişti canım. Hatta köpüğün içine desen yaratmayı bile biliyordu. Koltuğumda kuruldum. Şef koltuğumda. Bu tip tantanalardan, şölenlerden nefret ediyordum. Tekrar bastım zile. Ben hâlâ şeftim. Bu Dobrowsky bir hiçti. Kuyruğunu sallayan bir it.

Bayan Sarah nerede kalmıştı? Normal olarak Cumartesi günleri ofiste olurdu. Hep halletmesi gereken bir şeylerle uğraşırdı. Kahveyi sonunda kendim yapmaya karar verdim. Bayan Sarah'ya da bir fincan götürebilirim diye düşündüm. Sekreterimin bitişikteki ofisine girdim. Kahve makinasının nasıl çalıştığını bilmiyordum. Acemi ellerle iki fincan hazırladım. Kahve sulu ve ılık oldu. Sütü ve şekeri de kimbilir nereye koymuştu. Sade içtim kahveyi. Midemde derhal aside dönüştü. İkinci fincanı döktüm.

Acaba Marion nasıldı? Aramızdaki kavgadan sonra ondan bir daha hiç haber almamıştım. İşten istifa etmiş ve ebediyen hayatımdan çıkmıştı. Mektuplarım açılmadan geri geliyordu. Acaba benden sonra Dobrowsky ile buluştu mu diye düşündüm. Marion'a ulaşmak imkansızdı, Dobrowsky'ye Marion nerede diye soramazdım. İkisinin de canı cehenneme!

Bayan Sarah yalpalanarak içeriye girdi. Alkol kokuyordu.

"Ah, Bay Koller. Beni aramadınız, değil mi?" diye şakıdı. "Bir dakikacığına partiye gitmiştim." Ekşi ekşi baktım suratına.

"Doktor Dobrowsky vekilliğinizi iyi yapıyor. Sizin yerinize geçti ve güzel bir konuşma yaptı," dedi sırıtarak.

"Öyle mi?"

Bayan Sarah, hiç melodik olmayan bir şekilde şarkı mırıldanarak fincanları yıkamaya koyuldu. Ya harmoni arayan ya da seksüel doyumlu olan kadınların bulaşık yıkarken şarkı söylediğini okumuştum bir yerde. Bu şimdi nereden aklıma geldiyse!

"Dobrowsky, sizin dazlak kafalı, şişman erkeklerden hoşlandığınızdan bahsetti." Bayan Sarah, kıkırdamamak için kendini zor tuttu. "Ama yani aklınıza başka şey gelmesin şimdi. Yani, kimse sizin... Aman Tanrım, onun şey mi demek istediğini sanıyorsunuz..." Telaşlı ellerle deminden beri yıkayıp durduğu iki kahve fincanını bir kere daha yıkadı. Bir taraftan da şarkı mırıldanıyordu.

Harmoni arıyordu besbelli.

BÖLÜM 5

Agnes anlatırken, Bayan S. de sürekli not alıyordu. Agnes, kadının neler yazdığını merak ediyordu. Acaba, tıbbi düşüncelerinin ayırıcı tanısını mı yapıyordu, yoksa bu hikâyeden liste başı bir kitap yazmaya mı niyetliydi? Belki de sadece alışveriş listesini hazırlıyordu. Poker oyuncusu suratı gibiydi bugün yine suratı, ifadesini okumak mümkün değildi. Kumar oynamak kadının gizli kötü huylarından biriyse hiç şaşmayacaktı Agnes.

Bu kahrolası haşhaşlı kurabiyeler diye geçti kafasından. Egon, müstakbel baba olarak sorumluluk taşıması gerektiğini düşünüyordu. Böylece, kurabiyelerin yok edilmesi işi Agnes'e kalmıştı. Son günlerde adeta sürekli, uyuşturucunun etkisinin altındaydı. Aptallık yapacak derecede değildi ama, oldukça sık ve nedensiz gülüp duruyordu.

"Şimdi, Dobrowsky olarak anlatmaya devam ediyorum. Hatırlıyor musunuz, Marion ile ateşli bir gece geçirmişti," diye kıkırdadı Agnes.

Bayan S. davetkâr bir el hareketi yaptı. Aşırı derecede yorgun bir trafik polisine benziyordu. Agnes yine kıkır kıkır güldü, hafifçe öksürdü ve Dobrowsky'nin hikayesini anlatmaya başladı.

Sırf o geceyle kalmadı. Marion tüyler ürpertici bir doğa olayı gibiydi. Bir süre bana Koller'le uğraşmayı bile unutturdu. Gece nöbetim olduğu zamanlar odama gittiğimde, yatağımda çıplak yatıyor buluyordum kadını. Ameliyat esnasında bacağını bacağıma sürtüyordu. Bir seferinde, muayene odasında bir hastayla konuşurken, fırtına gibi içeriye girdi Marion. Heyecanla, acil bir vaka var diye bağırdı ve hiç duraksamadan, şaşırmış kalmış hastayı odadan dışarıya attı. Acil vaka ile ilgilenmek için yerimden fırladım. Marion beni pantolon kemerimin tokasından yakaladı ve ofis sandalyeme geri ittirdi.

"Acil vaka benim," diyerek kucağıma oturdu. İç çamaşırı giymemiş olduğunu fark ettim. Kopacak kadar gerilmiş bir halde, bir taraftan dışarıdan gelen seslere kulak veriyordum. Muayene odasının kapısından, kucağımdaki kumral renkli üçgene kaydırdım bakışlarımı. Birdenbire kapıya şiddetle vurulmaya başlandı. Donup kaldık. O anda biri içeriye girmeye kalksa, içinde bulunduğumuz durumun masumiyetini açıklayacak tek bir şey yoktu dünyada. Kapının kolu aşağıya indi. Biraz önce içeride olan kadın hastanın, dışarda birisine, doktorların acil vakaya gittiklerini söylediğini duyduk. Kapı açılmadı ve adımlar yine uzaklaştılar. Marion kısık bir sesle güldü ve kalçalarını ileri geri sallamaya devam etti.

Birkaç gün sonra, Marion'un karışmış saçlar ve kızarmış yanaklarla Koller'in muayene odasından çıktığını gördüm. Peşinden seslendim. Arkasına dönmedi, yine o hafif dumanlı ve puslu sesiyle güldü sadece.

Bunun hemen ardından, Koller akşam raporuna bir kutu pasta getirdi. Marion'u elinden tutarak, kızın parmağındaki göz kamaştıran yüzüğü gösterdi. Nişanlanmışlardı. Herkes alkışladı ve tebrik etti. Koller pastayı kesti, Marion'un ağzına bir parça koydu. Parmakları dudaklarına dokundu. Marion bana minicik bir an baktı ve göz kırptı.

Hiçbir şey anlamaz hale gelmiştim. Marion aslında güzel bile değildi. Kalçalarını baştan çıkartıcı bir şekilde sallayıp, güvercin gibi guruldamaktan başka bir numarası da yoktu. Ya Koller... Tanrım, bu adam zaten tam bir budalaydı!

Mesleki olarak da yerimden kıpırdamıyordum. Benimle ve benden önce işe başlamış olan meslektaşlarım ya terfi etmişler ya da başka kliniklere geçmişlerdi çoktan. Asla katlanamadığım Markus, sıradaki başasistan adayı gibi görünüyordu.

Bir gece boş koridorlarda dolaşırken, Röntgen Bölümü'nde ışık gördüm. Röntgen asistanı canayakın bir kızdı, kendisiyle kısaca çene çalmak için yanına uğradım. Birkaç göğüs röntgeni resmi vardı ortalıkta. Etrafı düzeltmesine yardımcı oldum. Bu esnada, resimlerden birisinin Markus'a ait olduğu dikkatimi çekti. Sorduğumda, Markus'un öksürük nedeniyle personel doktoruna gidip rutin bir kontrolden geçtiğini söyledi asistan kız. Röntgende tüm bulgular normalmiş.

Pek yazık, aslında...

Asistan kız karanlık odaya girip gözden kaybolunca, Markus'un röntgen resmini bir hastanınkiyle değiştirdim.

Markus ertesi sabah, muhtemelen akciğer kanseri olduğunu öğrenince, işine derhal çıkış verdi. Bir hafta sonra, röntgen resimlerinin karıştırılmış olduğu ortaya çıktı. Ama artık Markus'a ulaşmak mümkün değildi. Huzur içinde ölebilmek isteğiyle, Hindistan'da adresi bilinmeyen bir inziva yerine katılmıştı.

Markus bir daha gelmemek üzere ortadan yok olduktan sonra, nihayet en kıdemli asistan doktor bendim. Bir akşam başhekim rapor esnasında söze şöyle başladı:

"Bay Erwin Koller'in başhekim yardımcısı olduğunu ilan etmekten gurur duyarım." Koller ayağa kalktı ve ağzı kulaklarında, tebrikleri kabul etti.

"Ayrıca size çiçeği burnunda başasistanımızı takdim edeyim. Bayan Doktor Marion Kummer."

Tebrikler daha da arttı.

Günler geçti. Başhekime, terfiler esnasında neden beni pas geçtiğini sormaya yeltendim birkaç kez. Ama son anda cesaretimi kaybettim her seferinde. Bana en zor gelen, Marion ve Koller ile birlikte girdiğimiz ameliyatlara katlanmaktı. Mümkün olduğunca öylesi durumlardan kaçınmaya çalışıyordum. Ama bu her zaman kolay değildi. Bir sabah yine üçümüz birlikte ameliyat masasının başındaydık.

"Dobrowsky, retraktörleri sıkı tut. Tatlım, sen de kesmek istediğim yeri tertemiz em aspiratörle," dedi Koller.

Dişlerimi sıktım. Çenem acıyordu. "Bir daha TATLIM dersen seni öldürürüm," diye geçti içimden. Ve sonra dedi. "Dobrowsky, makası yerine koy. Bu kıdemli doktor işi. Sen çömezsin, bütün gücünle asıl şu kancalara. Tatlım, ipliği kesebilirsin."

Kanın beynime sıçradığını hissettim. Koller birdenbire yüksek sesle cıyaklamaya başladı. Makas elinde saplı duruyordu. Bu talihsizlik yüzünden kendisinden özür diledim. Marion ve ben ameliyatı tamamladık.

Bu yıl içinde Koller'in başına peşpeşe talihsizlikler gelmeye başladı, öyle ki, bedeninin bir tarafı mutlaka sargılar içindeydi. Kliniğin organize ettiği kayak gününde, kayak bağlamaları açıldığı için, bacağını kırdı. Sonra, kafasına çatıdan kiremit düştü, başı yarıldı ve beyin sarsıntısı geçirdi. Bisikletinin freni tutmadığından, el bileğini kırdı. Tekrar toparlanıncaya kadar vekilliğini Marion yapıyordu.

Sonra da olan oldu. Marion, telaşla giyinirken, yanlışlıkla benim iş gömleklerimden birisini giymiş. Sağdan sola, ama gayet net bir şekilde, sırtında, kırmızı büyük harflerle YKSWORBOD yazılıydı. Koller gözlerini ayıramıyordu yazıdan. Yüzünde, komadan henüz çıkmış ve bu arada büyükbaba olduğunu öğrenmiş gibi bir ifade vardı.

Agnes ile terapi esnasında, artık genellikle o anlatıyor ben dinliyorum. Kimi tasvir edeceğini kendisi belirliyor, kolaylıkla bir rolden diğerine geçiyor. Literatürde, çoklu kişilik bozukluğu konusunda enteresan bir vaka tanıtılır. Bu hasta, farklı kişiliklerine kendini öyle kaptırıyordur ki, bazı günler miyoptur, bazı günler ise şeker hastasıdır. Anlattıklarına rağmen, bence Agnes benden daha deli değil. Eğer beni ölçek kabul edersek yani. Birbirimizi tanıdıkça, onun aslında etrafı deliler tarafından sarılmış normal bir kadın olduğunu düşünüyorum. Sanırım kendisini ne kadar iyi anladığımın farkında değil.

Biraz araştırdım. Blumenthal'da gerçekten bir hastane var. Ama başhekimlerin adı farklı. Ayrıca, tüm ülkede, d'Estrées isminde kimse yok, Dobrowsky de öyle. Ama ne fark eder ki? Ben içgüdüme güveniyorum ve terapi konuşmalarını sürdürüyorum. Bugün yine, bir Pazartesi sabahı vizitesindeki başhekim Koller idi.

"Nasılsınız, iyi misiniz? İyisiniz umarım, iyi gördüm," dedim.

Alçılı bacaklı, asık suratlı asistan doktor, "Bayan Graf aşağıya sarkmış bir mesaneyle geldi hastaneye, Cuma günü ameliyat edildi," diye açıklama yaptı. Söz konusu kadın yatağında oturuyor ve ilgi odağı olduğu için keyif alıyor gibi görünüyordu. Kadın soruma cevap veremeden telefona çağrıldım. Geri geldiğimde, alçılı bacak detaylara geçmişti:

"Rahminizi aldık Bayan Graf. Yoksa tüm ağırlığıyla daha yeni elden geçirilmiş olan idrar torbanıza yüklenecekti. Çok heybetliydi zira. Rahimle birlikte yumurtalıkları da aldık, onlar zaten sizin yaşınızda artık işe yaramıyor. Karnınızı açmışken, apandisinizi de alıverdik." Başparmağıyla beni göstererek: "Hocam, gevşek mesanenizi karnınızın içine astı."

"İki askıyla pantolonu tutturur gibi," diye gülümseyerek cümleyi tamamladım. Alçılı bacağı neredeyse başasistanlığa terfi ettirmek üzere olduğumu hatırladıkça sırtımdan soğuk soğuk ter boşalıyordu.

"Peki vajinayı sıkılaştırdınız mı?" diye sordu Bayan Graf.

Evet. Bayan Graf'ın ısrarlı isteği üzerine onu da yapmıştık. Karın bölgesindeki ameliyatı bitirdikten sonra aşırı kilolu kadını başka pozisyonda yatırmamız gerekmişti bu iş için. Bu da bir kabus olmuştu. Alçı bacaklı bücür asistan sürekli inlemiş, söylenmiş, beceriksiz sırık boylu asistan ise, masadaki bütün aletleri yere süpürmüştü.

Bayan Graf'ın durumu iyiydi. Umduğum ve gördüğüm gibi. Ben yıllardır her hasta kadına aynı şekilde hal hatır sorarım. Böylece vajina, akıntı, rektum ya da döleşi gibi hoş olmayan kelimelerden kaçınıyorum.

"Altı hafta sonrası kontrol için yardımcım size randevu versin," diyerek kadını sağlama aldım. Dolayısıyla benden kaçamayacaktı. Bir sonraki hasta odasının kapısında alçı bacak şöyle dedi:

"Myoma uteri vakası. Yarın ameliyat edilecek."

"Nasılsınız, iyi misiniz? İyisiniz umarım, iyi gördüm," dedim hasta kadına yatağının yanında.

Birden aklıma Marion geldi. On iki yıl ve iki mutsuz karı, geceleri rüyamda hâlâ onu görmeme engel olmamıştı. Yanık tenli bacaklı ve sıkı götlü Marion'um. Kısık sesle gülüşünü duyuyor, yavaş yavaş soyunuşunu izliyor, kokusunu nefesime çekiyordum.

Arkamda biri esnedi. Lindemann, şu budala herif! Traşsızdı, gözlerinin altında siyah halkalar oluşmuştu. Maiyetimdeki diğerleri de ondan daha iyi görünmüyordu bugün. Stajyer kızın suratına baktığında migreni var sanırdın. Diğer ikisi de sanki suç onlarınmış gibi duruyorlardı. Başhemşire, ekşi bir suratla, bölüm hemşiresinin donunu süzüyordu. Don çiçek desenliydi ve beyaz önlüğün altından belli oluyordu.

Diğer hasta odalarına da teker teker girip çıktık. Şişmiş bir baldıra gelinceye kadar sorun yoktu. Ne patlamış dikişler, ne de ürkütücü yüksek ateş vakası gördük. Doğum sürecinin, büyüyünce matematikte ek ders alması gerekeceğini kehanetleyen yenidoğan da yoktu. Ama bir Pazartesi sabahından iyi şey beklenmezdi. Belki de baldır başıma bela olacaktı. Tromboz, akciğer embolisi, ölüm. Kendimi hapishanede hayal ettim. Durup kaldım ve baldıra hafifçe dokundum.

"Bir şeysi var," dedim anlam yüklü bir şekilde.

"Eveeet, buna bakmak lazım," diye mırıldandı asistanlardan biri, cümleyi ağzında çiklet gibi uzatarak. Yani aslında, "Şefim, bu bize vız gelir," demek istiyordu.

Ancak Lindemann onunla ilgileneceğine söz verince baldırı bıraktım. Bu iş tam bu musibet adama göreydi. Şişmiş baldırlar hakkında yazılmış olan bütün makaleleri okumadıkça içi rahat etmezdi.

Sırık boylunun çağrı cihazı öttü. En yakın telefondan numarasını çevirdi ve konuştu.

"Ev doğumu mu?" diye cıyakladı ve paldır küldür koşarak gitti. Tek bir el hareketiyle, telefon masanın üstünden yere kaydı. Koridorun yarısına gelince arkasına döndü, koşarak geri geldi ve ambulansla bir ev doğumuna gitmesi gerektiğini söyledi. Arkasından, "Plasenta!" diye bağırdım ama uzun bacaklarıyla çoktan gitmişti bile. Doğumlar, plasentanın doğduğu yerde kayda geçer ama elbette ki bu dangalak bunu akıl edemeyip, evde doğurtacaktı plasentayı. Dobrowsky sayesinde zaten eğik duruşta olan doğum istatistiğim böylece bir darbe daha almıştı.

"Şu andan itibaren yine Rahibe Rosa anlatma görevini üstlenecek," dedi Agnes. Koltuğunda toparlanıp ufak tefek, yaşlı ve kayış gibi sağlam bir kadına dönüştü gözlerimin önünde. Neredeyse giydiği rahibe kıyafetini görebiliyordum. Tutulmuş ensemi rahatlatmak için kafamı yavaşça sağa ve sola eğdim. Eklemlerim çatırdadı. Bayan Meier, her boş dakikasında, kart saymayı öğretiyordu bana. Sürekli odaklanmaktan yüzümün ifadesi donmuş, çene eklemlerim açılması zor bir kilit gibi sıkışıp kalmıştı. Bayan Meier'e göre, poker suratlıymışım, yani ifadesiz bir yüz takınarak ne düşündüğümü belli etmeme yeteneğim varmış. Black Jack'te başarısız olursam, pokerde şansımı deneyebilirim. Yüz ifademi hiç değiştirmeden:

"Anlatın Rahibe Rosa," dedim.

Bugün bizde trafik yoğundu. Günlerce, tabiri caizse, sinek avladıktan sonra, doğumun eşiğinde üç kadın birden bildirildi. Bir tanesinin öyle acelesi vardı ki, ne kadar yüzeysel minicik nefeslerle solursa solusun, hastaneye zamanında yetişemeyeceği belliydi. Oturduğum sandalyeden fırladım. Gebe kadınlardan birini ilk doğum odasına yerleştirdim. "Solu!" diye bağırdım ahizeye. Destek çağırmak amacıyla en yakın diğer telefona koştum. İlk doğum odasına fişek gibi geri döndüğümde, saçlarımın sıkı topuzu çözülmüştü. Neredeyse yere yığılacak gibi görünen baba adayını emniyete aldım, doğuran kadına gerekli muayeneyi yaptım ve ikinci odaya koşturdum. Telefona, "Solu!" diye seslendim, yanından koşarak geçerken. Uzun bacaklı genç asistan doktor bu sırada soluk soluğa doğum odasına girdi.

"Rahibe Rosa, ben daha önce hiç doğum görmedim!" diye o denli çaresizlikle haykırdı ki, sanki kendisi doğuracak sanırdınız.

Kafamda bir taraftan problemi düşünürken, "Beş, altı santimetre. Bebek çok iyi durumda," diyerek, allak bullak olmuş gebe kadını sakinleştirdim.

"Solu!" diye bağırdım telefona. Bir yenidoğanın öfkeli feryadı bana yanıt verdi. Genç doktorun da benim de, üzerimizdeki gerginlik kayboldu anında. Artık onun sadece göbek kordonunu kesmesi ve ambulansla buraya gelirlerken, anne ile bebeğine eşlik etmesi gerekiyordu.

Agnes bana gerçekten Bayan S. diye hitap ediyor. Anlaşılan bu isim onu eğlendiriyor. Bana da çok gerilerde kalmış gençliğimi, arkadaşlarımla saçmalıklar yaptığım güzelim öğrencilik yıllarımı anımsatıyor.

Hafta sonunda, Bayan Meier ve ben, saha çalışması yapmak üzere Monako'ya gittik. Hava harikaydı ve bir an için Gerald'ı da, para sıkıntımı da unuttum. Birikimimiz, sırf şehrin merkezinden çok uzakta bulunan küçük bir otel odasını ödeyebilmek için yeterliydi ama yine de Cumartesi akşamı meşhur Monte Carlo Casino'suna gitmekten geri kalmadık. Bir saat boyunca oyunları izledikten sonra, elli franklık jeton aldık ve derhal kaybettik bu parayı. Çok çabuk oynanıyordu, kart saymaya yetişemiyordum. Güvenlik kameraları ve şık oyuncular gergin sinirlerimi tamamen yıpratıyorlardı. Yanıbaşımda kumar oynayan Teksaslı petrol kralı da elli kaybetti. Elli bin. Bunun üzerine şansımızı daha az havalı oyun salonlarında denemeye karar verdik.

Oradan çıktıktan sonra gittiğimiz mekan, casinodan ziyade bir esrar tekkesine benziyordu. Karanlık köşelerde, çaresiz karaltılar tüm varlıklarını kumara yatırıyorlardı. Biz bir Black Jack masasına yerleştik ve bir müddet oyunları izledik. Kart sayma hilesini biraz olsun kavramıştım ama bu iş çok fazla odaklanma gerektiriyordu. İşin püf noktasını yakaladıktan sonra önümdeki jeton yığını yükselmeye başladı. Gece yarısına doğru on bin frank kazanmış durumdaydım.

İki fedai sağıma ve soluma yerleşti. Mekanı terk etmemizi rica ettiler ve bize dış kapıya kadar eşlik ettiler. Bayan Meier diklenerek casino müdürünü görmek istediğini söyledi. Pahalı takım elbisesi kaslarını geren, mendebur suratlı bir tip çıktı geldi. Hızlı bir tempoyla Fransızca kükredi bize. Bayan Meier de Almanca olarak bağırdı cevaben. Bu esnada çok kibirli, çok üst sınıf İngilizcesi konuşan, bana da çok bildik gelen üçüncü bir ses girdi araya.

Gerald.

Gerald hiç yoktan var oluvermişti orada. Kendisini avukatım olarak tanıttı. Kumarhane sahibi, gorillerine doğru şaklattı parmaklarını. Bize, "Gidebilirsiniz," dediler. Kazandığım parayı, Gerald'ın varlığı sayesinde yanımda götürebildim. Ama artık mekana girme yasağımız vardı. Kapıya geldiğimizde arkama bakınca, o kasap süngeri suratlı adamın, eliyle gırtlağını keser gibi bir hareket yaptığını gördüm.

Casino gözden kaybolduktan sonra, "Sen beni takip mi ediyorsun?" diye hırladım Gerald'a. Cevap yerine sadece bütün dişlerini göstererek sırıttı. Kendinden çok memnun görünüyordu.

Düşüncelerimi bir kenara iterek, Bayan d'Estrées'ye odaklandım. Konuşmamız sona erdiğinde, kendisine Agnes diye hitap etmemi rica etti yine. Ona, bir dahaki sefere bana geldiğinde, beş yıl önceki zamanı nasıl yaşadığını kendi açısından, yani

Agnes olarak anlatmasını teklif ettim. Böylece, çoklu kişilikler tezimi tekrar gözden geçirmiş olacaktım.

BÖLÜM 6

"Bayan S., Agnes'in beş yıl önce yaşadıklarını anlatmamı istiyor," dedi Agnes Elfie'ye. Mutfaktaydılar ve yengesine alışveriş torbalarını boşaltmaya yardım ediyordu Agnes. "Sanki, benim kendimin Agnes olduğumu bana itinayla öğretircesine söyledi bunu. Şizofren falan olduğumu mu sanıyor acaba bu kadın?" diye sordu Agnes yengesine.

"Ne bileyim! Nereden çıkarıyorsa bunu! Muhtemelen kafadan çatlak," diye tahmin yürüttü Elfie.

Agnes, alışveriş torbasından çıkardığı içecek şişelerine göz atınca, "Bütün bu sebze sularını içmek istediğinden emin misin?" diye sordu Elfie'ye. "On iki şişe havuç suyunu üçüncü kata taşırken fıtık olmam o kadar önemli değil, ama bunları içip de kusarsan canım acıyacak epeyce."

"Bebeğimin, babası gibi miyop olmaması için çalışıyorum," diye açıkladı Elfie ve bardağındaki turuncu renkli içecekten ufacık bir yudum aldı. Öğürerek banyoya koşarken, "Ama sen o şişeleri lütfen ortadan kaldır yine de," diye bağırdı. On dakika sonra mutfak masasına geri döndüğünde, hiçbir şey olmamış gibiydi. Keyifle peynirli sandviçini ısırdı.

"Şu Bayan S.'in ismini ne diye bu şekilde kısalttığını araştırdım. "Es" sözcüğü, Freud'un kuramında "id" karşılığı," dedi Agnes. "Bu da, Freud'a göre, bilinçaltı gibi bir anlama geliyor. Aynı zamanda içgüdü ve cinsel arzuyu da kapsıyor." Gözlerini kıstı ve atkuyruğunu toplayan saç lastiğini çıkardı. Başını sallayarak saçlarını uçuşturdu.

"*Agnes* beş yıl önce neler yaşamış, dinleyin *Bayan Es!*" dedi.

Personel partisi için bir orkestra tutulmuştu. Şen şakrak, insanın içini kıpır kıpır ettiren havalar çalıyorlardı. Prosecco beynimi mat etmişti. Kasıklarım pelte gibiydi. Çaktırmadan, Dobrowsky'nin Aftershave kokusunu içime çektim. Yeni atlattığım, iki yıl süren aşk acısından sonra kendimi nihayet zinde hissediyordum. Ta ki Elfie yanımıza gelinceye kadar.

"Gel kızım!" diye bağırdı Dobrowsky ve kızı belinden yakaladı.

Elfie, adamın pençelerinin arasında tüy gibi hafif görünüyordu. Ben de öyle iri yarı değildim ama hissedilir ağırlığım bu kızın yanında bir tondu. Düzenli olarak Kung Fu yapıyordum, Egon'a sorulursa ürkütücü bir görüntüm vardı. Dolayısıyla, beni havaya fırlatmak erkeklerin aklına gelmezdi.

75

Dobrowsky, Elfie'yi öbür tarafına aldı. Ben minyon göstermeye çalıştım kendimi. Dobrowsky, lisede okurken, kızlarla tanışmak için dans kursuna gittiğini anlattı. Dans öğretmeninin adı Agnes'miş. Bunu hatırlayınca güldü, benimle kadeh tokuşturdu ve avazı çıktığı kadar bağırdı: "Agnes'in şerefine, Agnes'in şerefine!" Ben mahcubiyetle kıvranırken, o Elfie'yi kaptı ve dans pistine sürükledi.

Dobrowsky cüsseli olsa da, çok da uzun boylu değildi. Herhalde, yukarıdan aşağıya doğru bakabileceği için Elfie'yi dans partneri olarak seçmişti. Elfie minnacıktı. Dobrowsky ile dansı, anne-çocuk-jimnastiğine benziyordu. Bu ikisini izlemek yerine, masa komşularımla konuşmaya çalışmaya karar verdim. Yanımda, hayat yüzünü vaktinden önce derbeder etmiş, suratsız bir adam oturuyordu. Odermatt, Cerrahi Bölümü'nün Başhekimi, her nasılsa Blumenthal'a sürüklenmiş, kendi alanında ünlü bir otoriteydi. Burnundan ve ağzından sigara dumanları çıkıyordu. Bu meymenetsizle sohbet edilemeyeceği kanısına vardım.

Karşıma bir adam oturdu. Yirmili yaşların sonunda olduğunu düşündüm. Kumral, karışık saçları ve inanılmaz sık kirpikli koyu mavi gözleri vardı. Öyle oturmuş, bana sırıtıyordu. Elimde olmadan dudak kenarlarım yukarıya kıvrıldı.

"Ben Agnes'im," dedim hafif mahcup bir şekilde, zira bana hâlâ eğlenerek bakıyordu.

"Biliyorum," dedi. "Duydum." Bira bardağını yukarıya kaldırdı ve dudaklarını şekillendirerek, "Agnes'in şerefine, Agnes'in şerefine!" diye bağırırmış gibi yaptı.

Birden müziğin sesi yükseldi. Artık sohbet etmek imkansızdı. Adam anlayamadığım bir şey söyledi. Sonra güldü. Dobrowsky ve Elfie Rock'n'Roll dans ediyorlardı. Elfie'yi bez bebek gibi oradan oraya döndürüyordu Dobrowsky. Tekrar arkamı döndüğümde, yakışıklı adamın yok olduğunu gördüm. Orkestra mola verdi ve dans edenler gülerek yerlerine geri yürüdüler. Elfie'nin yanakları al aldı, darmadağın saçları, başının etrafında uçuşuyordu. Klinik müdürü ikisine doğru koştu ve Elfie'yi kabaca yana itti. Dobrowsky daha yerine oturmamıştı ki, adam onun iki eline birden yapıştı.

"Maalesef bir acil vaka Bay Koller'in gelmesine mani oldu. Onun yerine bir konuşma yapar mısınız?"

Bu adamın gay olabileceği daha önce de aklımdan geçmişti. Sanki Dobrowsky'nin ellerini bırakamıyordu. Dobrowsky de fazla naz yapmadı. Birlikte sahneye çıktılar. Dobrowsky mikrofonu eline aldı:

"Sevgili dostlar!" diye lafa başladı. "Erwin Koller yerine, size birkaç söz söylemem istendi."

Gözlerim Egon'u aradı. Belki onu Dobrowsky ile Elfie'nin arasına yerleştirebilirdim. Ama biraderim yoktu ortalıkta.

"Bildiğiniz gibi, Doktor Koller ve ben uzun zamandır tanışıyoruz. Onun bugünkü pozisyonuna erişeceğini hep bilmişimdir. Zira, bir doktorun, başarılı olmak için üç şeye ihtiyacı vardır: otorite için bıyık, haysıyet için kocaman bir göbek ve kaygılı bir surat ifadesi için de basur," diye konuşmaya başladı Dobrowsky. Dinleyiciler hangırdadı.

"Blumenthal'da çalışmaya başladığımda, evliliğin eski dostuma iyi gelmiş olduğunu görünce sevindim," diye devam etti konuşmasına. "İkinci evliliğini yapmış olan damat bey, göbek bağlamıştı ve her tarafından sağlık fışkırıyordu. Denilebilir ki, ısıtılınca tekrar çıtır çıtır olmuş ekmek gibiydi."

Dobrowsky, gülüşmelerin keyfine varmak için durakladı. Alkol ruhlu konuşmasına devam ederken gözleri parlıyordu. "Kendi açımdan, onun hakkında, Caesar'ın söylediği bir şeyi tekrar edebilirim: Etrafımdan, göbekli adamlar, rahata alışkın, kel kafalı göbekli adamlar eksik olmasınlar."

Tuvalete gitmem gerekiyordu, ama meydanı boş bırakmak istemiyordum. Koller hakkında bir sürü oldukça adi laf ettikten sonra Dobrowsky coşkulu alkışlar eşliğinde yerine döndü. Uzun bir konuşma olmuştu.

Elfie, alnını kırıştırarak:

"Bay Koller'e karşı oldukça haksızlık yaptığınızı düşünüyorum," dedi.

Dobrowsky bu yorumu duymamazlığa geldi, Elfie'ye sırtını çevirdi ve onu o andan itibaren yok saydı. Elfie ile dayanışma göstermemin zamanı gelmişti. Ama o zaman geçip gidiverdi. Kaale alınmadan.

"Söylediğin çok doğruydu," dedim. Malesef! Daha da abarttım: "Böyle gırgır konuşmalar yapabiliyorsun, harika!" Bu lâfları neden söylediğimi sormayın. Prosecco? Eski aşk acısı? Dağınık saçlı ve gözlerinin içi gülen enfes tipin ortadan kayboluşu?

Uzun lâfın kısası: Birkaç saat sonra Dobrowsky'nin oturma odasındaydım. O içecekleri hazırlarken etrafıma bakınıyordum. Kitap okumayı sevdiğim için, başkalarının kütüphanelerinde neler olduğuna ilgiyle bakarım. Dobrowsky'nin kitap koleksiyonu küçüktü.

Birkaç düzine şarap atlası ve bunların arasına sıkışmış bir cep kitabı. Başlığı: "Acısız boşanma." Böyle bir edebiyat arka planı olan bir adam nasıl olmuştu da Caesar'dan alıntı yapabilmişti? Salon masasının üstünde Viyanalı ressam Dobrowsky üzerine bir sanat kitabı vardı.

Dobrowsky, elinde iki tane *Cuba libre* ile geri geldi. Tam o sırada bakmakta olduğum sanat kitabına kafasıyla işaret etti.

Mütevazı bir tarzda: "Dedem olur," dedi. Bu ressam hakkında o ana kadar hiçbir şey duymamış olduğum halde etkilenmiştim.

Dobrowsky'nin neşeli hali gitmiş, melankolik bir havaya bürünmüştü. İleri derecedeki sarhoşluluğunun işaretlerini, gerçek benliği olarak yorumlama hatasına düştüm. Başarısız evliliğini anlatmaya başladı. Aralarında yaşadıkları sorunların muhtemelen sırf eski eşinden kaynaklanmamış olduğunu kabul ediyordu. Anlayışlı olduğunu düşündüm. Karısına garez beslemiyordu. Cömert bir yaklaşım. Muayenehanesinden bol para kazanmadan önce boşanmayı becerebildiğini söyledi göz kırparak. E bravo! Adam aynı zamanda zekiydi de! Ben de tam mutsuz bitmiş son ilişkimden bahsedecektim ki, birdenbire konuyu değiştirdi.

"Birkaç yıl önce, peruk takmayı düşünmüştüm, biliyor musun? Boşandıktan hemen sonraydı. Aynada kendime bakamaz olmuştum." Kendisini teselli etmek amacıyla ağzımı açtım. Ama o konuşmaya devam etti:

"Ta ki bir kadın kel kafamı seksi bulduğunu söyleyinceye kadar. Bu cümleyi bu arada ne kadar sık duyduğumu tahmin edemezsin."

Tahmin edebiliyordum.

Dobrowsky neşeyle gevezelik ediyordu. Ben arada bir, "A, öyle mi?" diyordum ve tuvalete gitmek için de iki defa sözünü kestim. Gerginlik her zaman idrar torbama vurur.

Son kez tuvaletten döndüğümde Dobrowsky koltukta oturuyordu. Elimden tutup beni kendine çekti. Her şey birdenbire çok hızlı gelişti. Yüzümü yüzüne doğru çevirdi ve dudaklarını dudaklarıma bastırdı. Ağzımı açar açmaz dilini içinde hissettim. Omurgamda hoş bir kıpırdanma başladı. Üç günlük sakalı da, tırmalasa da zevk veriyordu. Dudakları boynuma ve oradan da daha aşağılara ilerledi. Bir elini popomun altına kaydırdı, parmakları, külotumun kenarındaki yolu arıyorlar, çok hassas bir bölgeye doğru ilerliyorlardı. Diğer elini de, blüzümün altına soktu, karnımın alt kısmı artık yanan, sulu ve hızla zonklayan bir arzuya dönüşmüştü. Çoktandır yoktu bu arzu bedenimde, inanılmaz iyi geliyordu! Belimi iyice arkaya doğru kavisledim ve bacaklarımı kalçalarına doladım. Telaşla kemerini açtım. Beni altına kaydırdı. Kısık bir sesle soluyarak açıldım. O an olsun istiyordum, derhal!

Dobrowsky, "Aahh!" diyerek arkasına döndü ve gözleri kapalı bir halde sırt üstü yattı. Dinlensin diye bıraktım.

Dobrowsky horluyordu.

Horluyor muydu?

Yüzünü görmek için olduğum yerde doğruldum. Altın dolgulu azı dişleri vardı. O anda kendisinden daha fazla şey beklenemezdi. Komada gibi uyuyordu. Olayı kafam almıyordu. Kalp atışlarım normalleşti. Hüsran ve utanç gözyaşları yuvarlanıyordu yanaklarımdan aşağıya. İdrar torbam yine isyan halindeydi, duşa girme ihtiyacı da hissediyordum. Adamın ağırlığından kurtardım kendimi, anlaşılmayan bir şeyler mırıldandı ve ıslak bir çuval gibi olduğu yere yayıldı.

Duşun altında çok uzun kaldım. Sıcak su iyi gelmişti. Banyodan çıkarken aynaya bakarak kendime, "Biliyor musun, hiç önemi yok," dedim, "Belki bu kadar çabuk boşaldığı için mahcup olmuştur, kendine geldiği zaman devam ederiz."

Islak saçlarla ve küçük bir havluya sarılmış bir halde oturma odasına geri döndüm. İştah açıcı göründüğümü düşünüyordum. Dobrowsky uyanmış ve giyinmişti, tam o esnada telefonun ahizesini yerine koyuyordu. Halısının üstünde neden sular damlatarak dikildiğimi hatırlamaya çalışır gibi bakıyordu bana.

"Muayenehaneye gitmem lazım," dedi neşeyle. "Orada da beni bekleyen bir kadın var." Bana göz kırptı. Kapıya gelince tekrar arkasına döndü, cebinden bir şey bulup çıkardı ve sonra içinde üç hap olan minik bir kutuyu elime sıkıştırdı. Kutunun üstünde Tridon yazıyordu.

"Galiba mesane enfeksiyonun var. Üçünü bir arada yut," dedi ve ıslık çalarak kapıdan çıktı gitti.

***

Personel partisinden bir gün sonra yatakta sırt üstü yatmış gevşemeye çalışıyordum. Egon'u çekme halatına takmış bir halde, bir sürü gevşeme kursuna katılmıştım. Çekingen erkek kardeşimi bir kadına yamamayı umuyordum hep. Dikkatimi bir defa nefesime, bir defa sol ayağımın küçük parmağına, kalp atışıma ya da sağ baldırıma odakladım. Ne yaparsam yapayım, birkaç saniye sonra her zamanki, az çok derin düşüncelerime dalıyordum tekrar. Örneğin, sağ baldırım bana Koller'i hatırlatıyordu. Bazı kelimeleri özellikle kuvvetli vurgulama alışkanlığı vardı onun. Baldır kelimesi de bunlardan birisiydi. Ant içer gibi basıyordu hecelerin üstüne. Ayıp bir şeymiş gibi söylüyordu. "Her neyse, baldırlar ağır ve sıcak," dedim içimden, gevşemek için. Devam edemedim, zira mesanem acıyla kasıldı. İdrar torbam çok hassastı. Tüm kalp ve karın bölgesi meseleleri hiç vakit kaybetmeden idrar yolları iltihaplanmasına dönüşüyordu. Birden kramp girdi, ıstıraptan gözlerim yaşardı. Kalkıp oturdum ve, "Önemi yok, acımadı!" dedim. Tuvalete koştum ve tekrar, "Ah, biliyor musun, umrumda değil," dedim. Elbette beni duyan kimse yoktu ortalıkta, iyi ki de öyleydi, zira bu arada hüngür hüngür ağlıyordum. Dobrowsky'nin tavsiye ettiği gibi, kapsüllerin üçünü birden yuttum. Umarım, en azından ilaç konusunda işinden anlıyordur, diye geçirdim içimden. Pis köpek.

Kısa bir müddet sonra mesanem sakinleşmişti. Ama düşüncelerim değil. Personel partisini aklıma getirmemeye çalıştıkça, ısrarla, kendimi nasıl gülünç duruma düşürdüğüm gözümün önüne geliyordu.

Agnes, konuşması bittiğinde bana çekinerek baktı ve bir dahaki sefere yine başka birinin anlatmasına izin verip vermeyeceğimi sordu. Örneğin yengesi Elfie. Belki biraz olsun konudan tekrar uzaklaşabilmek için... Bu arada, kendisinde çoklu kişilik bozukluğu olduğundan tekrar şüphe ediyorum. Daha ziyade, sırf olayları utanç verici bulduğu için bu tür dolambaçlı yollara giriyor diye düşünüyorum. Dert değil benim için. Kendim de bu konuda uzmanım. En azından, esrarlı sigara içip de gelmiş hali yoktu bugün.

Kızı Nicole'ü sordum. Nicole'ün babasıyla olan ilişkisi nasıldı ve ne zaman ondan ayrılmıştı. Şu Dobrowsky ile hâlâ görüşüp görüşmediğini anlamak istiyordum. Konuya girmedi. Geri kalan zamanda, hep olduğu yerde dönüp durduğu hissine kapıldığından bahsetti. Kendisiyle konuşurken çok duyarlı olmam lazım, yoksa bana güvenini yitiriverir ve başkalarının hayat hikayelerinin arkasına saklanır.

Bugün iki avukat randevum birden vardı. İlki boşanma avukatıylaydı, sıradan bir görüşme oldu. Adam sıkça yaptığı gibi, Gerald'a bayılıyordu yine:

"Yılan balığı gibi kaypak bir tip bu Gerald. Gerçekten, tilki gibi kurnaz." Hayvansever avukatım, hayranlıkla, dişlerinin arasından ıslık çalarak, "Çok ilginç bir vaka. Sizin yüzünüzden yapmak istediği şeylerden feragat ettiğini ileri sürüyor. On iki yıl evliydiniz. Bu süre boyunca, sizin kariyer yapabilmeniz için, kocanız sizin yerinize ev işlerini yapmış," dedi.

"Siz kimin tarafını tutuyorsunuz bakayım?" diye sordum. Kınayan bir bakışla süzdü beni.

"Elli yaşında ve iş hayatına on iki yıl ara vermiş bir adamın tekrar kendisine uygun bir iş bulabileceği olasılığı sizce nasıl? Şükredin ki, ona ömür boyu nafaka ödemek zorunda değilsiniz," diye aydınlattı beni. Galiba, bu uyanık hasmımın karşısında verdiği zahmetleri yeterince takdir etmediğimi ima etmek istiyordu.

Öğleden sonraki ikinci avukatla olan görüşmem ilkinden daha iç açıcı geçmedi. Avukat, Gerald'ın beni takip ettiğine ve mafya tarafından şantaja uğradığıma inanmıyordu. Tamam, belki de tam mafya değil ama, mafya yöntemleri uygulayan kumarhane sahibi tarafından. Bana, içinde sadece oyun salonunda çekilmiş bir fotoğrafımın olduğu bir zarf gönderilmişti. Bunu yapanın Gerald mı yoksa kumarhanedeki adamın mı olduğunu anlamaya çalışıyordum. Postane mühüründe Monaco yazıyordu ama bu tip bir yanıltma tam da Gerald'ın aklına gelebilecek bir şeydi. Avukat benim histerik ve paranoyak olduğumu düşünüyor. Oysa, Gerald'ın arkasına bir özel dedektif takmış olduğumu bile bilmiyor henüz.

Bayan Meier, casinoda büyük paraya konmak için yeni bir yöntemin kesinliğinden bahsediyor. Bu yöntemi bana en ince ayrıntısına kadar açıkladı yeniden. Ona bakılırsa, bu haftasonu yine casinoya gitmek için yola çıkmalıydık. Girme yasağı almadığımız başka birkaç kumarhane daha var ya! Bu sabah şöyle dedi:

"Artık büyük paraya konmamıza ramak kaldı!" Gözlerini kısarak, sucuk şeklindeki başparmağı ile işaret parmağı arasındaki iki milimetrelik aralığı gösterdi. Bana sorarsanız, ya hapishaneyi boylamaya ya da mafya tarafından öldürülmemize ramak kalmıştı aslında. Muhtemelen ikisine de.

Özel hayatımla ilgili düşünceleri bir kenara ittim ve Agnes'ten, yengesi Elfie'yi anlatmasını istedim.

Terapi odasında, 6 tombul lohusa kadın bekliyordu beni. "Sağ dirsek sol dize!" dedim. İnce, idmanlı vücudumla, onlara bu hareketi elastiki bir tarzda gösterdim. Ağır memeli, sarkık göbekli altı kadın benim gibi yapmaya çalıştılar. "Ve sol dirsek sağ dize!" Akıcı bir şekilde, kollarımı ve bacaklarımı hareket ettiriyordum. Kadınların, eziyet çekmiş apış aralarını korumak adına pek hareket etmediklerinin ve bunu benim fark etmememi umduklarının bilincindeydim.

Fizyoterapist eğitimimi bitirdikten sonra çalıştığım ilk işyeriydi burası. Bu hastanede yeniydim ve birkaç yeni insan tanımak için partiye gitmiştim. O Dobrowsky aklımdan çıkmıyordu hiç. Aslında tekrar aşık olmak gibi bir niyetim yoktu ama onu düşündükçe her yerim kıpır kıpır oluyordu.

Stefan'dan ayrıldıktan sonra ıstırapla kıvrandığım birkaç ayın ardından kaldırıldığım psikiyatri kliniğinde, kendimi aşağılamak yerine, narin, ince ve cazibeli bulmam gerektiğini öğrenmiştim.

Lohusa kadınların çaresiz bakışlarını fark ettim ve narin dirseklerimi cazibeli dizlerime doğru götürmekten vazgeçtim. Ondan sonraki egzersize geçtim. "Şimdi vajinanızı iyice sıkın ve öyle tutun. Bu altı kadın, bu arada, vücutlarının o bahsedilen kısmını kontrol edemediklerini fark etmiş olmalılardı ama durumu hiç çaktırmadılar.

Şu Dobrowksy'nin, personel partisinde bir ara Agnes ile kaybolmuş olduğu gözümden kaçmamıştı. Agnes tabii ki benden daha heyecan vericiydi. İnsanlar benim olsa olsa şirin olduğumu düşünürlerdi. Ben de bir kere cazibemle bir erkeği delirtmek isterdim.

Daha zor bir egzersize geçtim. Bu kadınlar, sırf bir çocuk dünyaya getirmiş oldukları için, hayatları boyunca karaya vurmuş balinalara benzememelilerdi. İtinayla sırtüstü döndüler ve bacaklarını havada sallamaya başladılar. Ben de bu arada, Dobrowsky'yi baştan çıkaracak bir vamp kadın suratı yapmaya çalışıyordum. Egon'u da düşünebilirdim ama, eski erkek arkadaşım Stefan'ı çok fazla andırdığı için o söz konusu olamazdı.

Stefan şimdi Amerika'da kariyer yapıyordu, bense Blumenthal'da bulmuştum kendimi. Başka nereye gidebilirdim ki? Birdenbire, Stefan'ın beni terk ettiği zamana geri döndüm.

Los Angeles'de iki yıl kalmak üzere çıkacağımız yolculuk için hazırlamış olduğumuz son bavulu tam kapamıştık ki, o sütü bozuğun aklına birden, yalnız seyahate çıkma isteği geliverdi. Evin içi bomboş kalmışken söyledi bunu bana. "Seni Amerika'ya götüremem." Baştan inanmadım ona. Hatta ilk anda kuşkuyla gülümsedim, zira bunun bir şaka olduğunu sandım. O da gülümsemişti, bu lakayt tepkime. "Seni Amerika'ya götüremem," lafı kulağa iyi gelmiyordu. Her şey bir yana, sanki ben, fazla bagajmışım gibi bir laftı bu. Ama duyduğum şeye inanmam hiç mümkün değildi, bu yüzden, seyahate çıkacak diye paniğe kapıldığı için, uçuş korkusundan ya da benzer bir nedenden böyle söylediğini düşündüm. Stefan hayatımın aşkıydı, benim de onun her şeyi olduğumundan kesinlikle emindim. "Seni Amerika'ya götüremem," sözü anlamsızdı. Bana bunu yapamayacağını söyledim yüksek sesle. Sanki yaptığına üzülmüş gibi görünüyordu. Kamp matına çektim, bedenimi bedenine yapıştırdım. Sevişirken iyice sarıldım ona. Sevişmemizin sonunda sırtüstü döndü ve:

"Elfie, sevişmek istememiştim. İlişkimizi noktaladıktan sonra sevişmek doğru değildi." Hızla giyinirken konuşmaya devam ediyordu. Gerçek yavaş yavaş damlıyordu beynime. Stefan – bensiz – gitmek – istiyordu. Beni terk ediyordu.

"Elfie, birkaç ay önce eski kız arkadaşımla karşılaştım. Sakın olay çıkarma şimdi, tamam mı! Eğer yanlış kadını seçersem, hayatımın kadınını kaçırma riskine girecektim. Sen beni bilirsin, bu feci bir şey olurdu. Çok küçük bir farkla seçimi o kazandı, kolay olmadı benim için gerçekten."

Kafamı toplayarak tekrar jimnastik odasına geri döndüm düşüncelerimde. Bir müddet nefesimi tutmuş ve dişlerimi gıcırdatmış olduğumu fark ettim, derin nefes aldım. Kadınları bebeklerine geri göndermeye karar verdim. Koridora çıkarken, Dobrowsky ile çarpıştım.

Neşeyle, "Merhaba!" diye bağırdı. "Bugün için yeteri kadar hoplayıp zıpladın mı? Biraz önce pencereden içeriye baktım. Öyle korkunç bir ifade vardı ki suratında, zavallı lohusalar adına endişelendim."

Vamp kadın suratım düştü kırıldı, paramparça oldu. Cesaretle, birlikte kahve içmeyi teklif ettim.

"Zamanım yok, yapacak çok işim var. Hoşça kal küçük kuş!" Sanki beş yaşında çocukmuşum gibi yanağımdan makas aldı, fırladı gitti. Alt dudağımı ısırdım. Kafamı yukarı kaldırdığımda koridorda Agnes ve Egon'u gördüm. Agnes biraz gergince, kahve içmek için zamanım olup olmadığını sordu.

"Yapacak çok işim var!" diye seslenerek ilerledim. Teneffüsüm sona erinceye ve gözyaşlarımı dindirinceye dek, kendimi en yakın tuvalete kilitledim.

BÖLÜM 7

Elfie ve Egon'un evinde oldukça hareket vardı. Elfie'nin morali bir iniyor bir çıkıyordu. Bir akşam evvel, Egon'u mutfağın yapış yapış zeminini ovarak temizlemeye zorlamıştı. Nicole, komşu çocuklardaki pijama partisine davetliydi. Keyifli bir dağınıklığı olan ev şimdi durup dururken silinip süpürülmeliydi. Agnes, odasına elektrik süpürgesiyle giren Elfie'nin elinden süpürgeyi kaptı.

"Bu hamililikte bundan sonra her şeyi doğru yapmak istiyorum, anlıyor musun?" dedi Elfie. Yatağın altındaki toz içindeki çoraba uzandığı için sesi boğuk çıkıyordu. Birden çığlık attı. Elfie, Rahibe Rosa'nın şapka kutusuyla yatağın altından çıkınca, Agnes feci bir vicdan azabına kapıldı.

Elfie, "Sen bunu hâlâ halletmedin mi?" diyerek ithamla kutunun kapağını kaldırdı ve açık kutuyu, gözüne sokarcasına Agnes'e doğru uzattı.

"Baş Rahibe'ye ulaşamadım," dedi Agnes, süt dökmüş kedi gibi. O esnada, Egon, elinde bir temizlik bezi ve kovayla odaya girdi. Kutuya, sonra Elfie'ye sonra da Agnes'e baktı.

"Uzun hikaye," diye mırıldandı Agnes.

Şapka kutusunda bir küçültülmüş kafa vardı. Bu kafa, Voodoo papazı tarafından güzelce hazırlanmıştı. Haiti'deki misyoner hastanesinin klinik müdürünün kafası, mumyalanmış ve kokusuz hale getirilmiş bir halde duruyordu kutuda. Bu iğrenç nesneyi, Rahibe Rosa, doğru düzgün toprağa verilsin diye gelirken yanında getirmişti. Voodoo papazı, kafayı vermeye razı olmadığı için, Rahibe Rosa çalmak durumunda kalmıştı. Egon, akıllarına başka bir çözüm gelinceye dek, kutuyu, öğrenciyken arkadaşlarıyla paylaştığı evin garajında tutmaya söz verdi.

"Nicole onunla oynamaya kalkmasın da! Yaptığı çizimler zaten daha şimdiden ayakları olan küçültülmüş kafalara benziyor," dedi Elfie.

Agnes, Bayan S.'e, Haiti'de neler olduğunu anlatacaktı zamanı gelince. Her şey sırasıyla! Önce, Dobrowsky'ye ne olduğunu söylemesi lazımdı. Psikoterapistin o poker suratından vazgeçmiş olduğuna sevindi. Geçen Cuma günü, sanki heyecan verici bir plan kuruyormuş gibi neşeli görünmüştü. Agnes, kadının hafta sonu neler karıştırmış olabileceğini düşündü. Şu an, psikoterapist oldukça bitkin görünüyordu. Kadının sinirlerini yıpratmamaya karar verdi ve yine Agnes olarak, hastanede olanları anlatmaya devam etti.

Çoktan beri, ameliyatlar, bu işe başlamadan önce sandığım kadar heyecan verici gelmiyordu artık. Koller, mide ülserli bir sürücü kursu öğretmeni gibi kronik sinirliydi. Egon'u ve beni sürekli şiddetle azarlıyordu, Lindemann da zılgıttan payını alıyordu. Ayrıca, ben bu üç adamdan epeyce daha kısa boyluydum ve bir ayak taburesinin üstüne çıkmak zorundaydım. Tabure de kollarımı uzatmıyordu ne çare. İki büyük retraktörle, yağ ve bağırsağı ameliyat bölgesinden uzak tutmak benim görevimdi. Bu sabahki ameliyatta bunlardan yeteri kadar vardı. On dakika sonra, kollarımı hissetmez olmuştum artık. Yavaş yavaş tuttuğum aletleri salmaya başlamıştım. Önce bu kimsenin dikkatini çekmedi sanki.

"Emin!" diye buyurdu Koller. Egon, emme hortumunu, bilinçsizce hareket ettiriyordu ameliyat bölgesinde. Koller gittikçe daha da sinirlendi. Her yerden bağırsak fışkırıyordu. Koller, ağrıyan sırtını esnetti, birazdan patlayacaktı.

"Kesmek istediğim yeri emmeniz lazım," diye kükredi.

Koller'in nereyi keseceğini bilmiyordu Egon. Lindemann, Egon'un elinden emiciyi hışımla kaptı. Hortum, höpürdeyerek, bağırsak duvarına yapıştı.

"Hayır!" diye bağırdı Koller çaresizce. "Bay Lindemann, sizin kanı durdurmanız lazım. Asistan yapsın emme işini!" Lindemann, telaşla emiciyi Egon'un eline tutuşturdu.

Bir müddet kendi kendine söylendikten sonra, "Bay Lindemann, burada çalışmaktan hoşlanıyorsunuz, değil mi?" diye sordu Koller.

"A, evet, tabii ki!" dedi Lindemann pek de emin olmadığını gösteren bir tavırla.

"Neden çalışmıyorsunuz o zaman?" diye öfkelendi Koller.

Lindemann, Egon'u: "Kabukları emme!" diye azarladı.

"Ameliyat retraktörünü doğru tut!" diye çıkıştı kardeşim bana. Gözlerimi döndürdüm, aletleri daha çok çeker gibi yaptım. Şef Koller'in hayallerindeki takım olmasak da, elindeki tek takımdık.

"Kesin!" diye hırıldadı Koller. Aklı başka yerde olan kardeşime bir tekme atmak istedim, ama onun bacağı yerine Lindemann'ın baldırını tekmeledim. Kısık bir sesle cıyakladı. Egon nihayet iplikleri kesti bu arada. Retraktörler elimden kaydı. Bir parça bağırsak dışarıya fırladı.

Retraktör işi, hiyerarşide en alttakinin göreviydi. Ben, maaş sıralamasına göre, elinde emici olan Egon'un hemen ardında, en son yerdeydim. Retraktörlere tekrar asılırken acaba bayılsam mı diye düşündüm. Egon maskesinin arkasında esniyordu. Bu arada Koller rahmi çıkarmayı becermişti. Rahim yumrulu bir patatese benziyordu. Bayan Hoffmann'ın her yeri gibi, rahmi de devasa bir organdı. Artık içimden kadına bela okuyor ve dişlerimi sıkıyordum. Koller bu esnada özel bir dikme tekniği uyguladığını açıklıyordu Lindemann'a. Anlaşılan bu ukala her şeyi de biliyor değildi.

"Kesin!" dedi Koller. Kardeşim aniden ürkünce, beklenmedik bir enerjiyle makasıyla "Kırt, kırt!" yaptı ve Koller "O kadar kısa değil!" demeye kalmadan, adamın binbir zahmetle yapmış olduğu düğümü kesiverdi. Sanatsal dikişin tümü tekrar açıldı. Egon anlaşılmaz bir şekilde mırıldandı: "Özür!"

Lindemann'ın midesi gurulduyordu.

"Bay Lindemann, en azından bana yardım ediyormuş gibi yapın," diye hırladı Koller.

Sonunda Koller, karındaki son dikişi de bir ara tamamladı, gerindi ve:

"Güzel! Şimdi adam gibi oldu," dedi.

Anestezist, perdenin üstünden bakarak, masayı tekrar doğrultabilir mi, diye sordu. "Kadın mosmor oldu," dedi.

Koller, kana bulanmış olan başparmağını yukarıya kaldırdı. Düğmeye basılır basılmaz, ameliyat masası tekrar yatay pozisyona döndü. Anestezist bir dergiyi havaya kaldırarak, Koller'e:

"Japonya'da toz şeklinde şarap olduğunu okudum," dedi. Şarap cinsleri üzerine sohbete başladılar. Koller, neşeyle Bayan Hoffmann'ın karnını dikip yarayı kapattı.

Birisi hastanın kulağına: "Bayan Hoffmann, ameliyatınız çok iyi geçti, geçmiş olsun," diye bağırdı.

Günün geri kalan kısmı olaysızdı. Benim gece nöbetim vardı, Rahibe Rosa'ya doğum odasını düzeltirken yardımcı oldum. O gece sanki artık heyecan verici bir şey olmayacak gibiydi. Satış otomatından yiyecek bir şey almak üzere sallana sallana dinlenme odasına gittim. Gece yarısı olduğu halde, iki genç adam televizyonun karşısında oturmuş futbol maçı izliyordu. Muhtemelen uyuyamamış iki hastaydı bunlar.

Şu gece nöbetlerine bir türlü alışamamıştım. Uykumu alamıyordum. Eğer böyle giderse yakında yeni bir pantolon almam gerekecekti. Uyuyamayınca karnım acıkıyordu.

Rahibe Rosa'nın vadettiği masal gibi doğum olayı henüz gerçekleşmemişti. Şimdiye kadar onunla birlikte yaptığımız doğumlar kesinlikle berbat geçmişti. Çığlıklar rüyalarıma kadar takip ediyordu beni. Hiç olmazsa, Rahibe Rosa aniden kalp krizinden ölüverirse, doğumu tek başıma tamamlamam gerekir diye paniklemiyordum artık. O sırım gibi kadından çok daha önce ben yere yığılırdım kesin.

Düşüncelerimin bu etabında doğum kontrol hapımı doğru alıp almadığım geçti aklımdan. Dün almayı unutmuştum, ama sonra sabahleyin zamanında almıştım. Yoksa değil mi? Lindemann, yutmuş olduğum antibiyotik ve doğum kontrol hapı hakkında bir laf etmişti. Bu gece nöbetleri kafamı karman çorman ediyordu. Otomattan bir çikolata çubuğu aldıktan sonra, istediğim tek şey odama gidip yatıp uyumaktı sadece.

Otomatın başında uğraşırken, televizyon izleyen iki hastadan biri: "Hemşire, bana bir kola!" diye seslendi bana.

"Bana da!" diye bağırdı diğeri.

Terslemek amacıyla arkama dönüp, anlaşılan kendilerini çok komik bulan iki delikanlıya baktım. Çok gençlerdi, hatta bir tanesi çocuktu, on üç yaşında falan, diğeri de ondan sadece bir kaç yaş büyük gibi görünüyordu.

"Kendiniz alın!" dedim.

"Benim bacağım kırık," dedi genç oğlan. Uyluğuna kadar alçıda olan bacağını gösterdi.

Daha büyük olanı da, "Benim de kalp kırık," dedi biraz bozuk bir Almanca ile. Tekrar güldüler. Elimde olmadan ben de güldüm. Yiyecek otomatından iki kola aldım ve gidip yanlarına oturdum.

"Ben hemşire değilim, doktorum," dedim.

"Affedin! Arkadan bakınca hemşire gibi görünüyordunuz," dedi çocuk yaşta olanı masum bir suratla. "Ama önden bakınca..." Kafasını yana eğerek, küstahça göğsümü süzdü. Bu ufaklık benimle flört mü ediyordu? İster istemez güldüm. Yaşı daha büyük olan genç, televizyonun sesini kapattı. İkisi de sevimli görünüyordu. Küçüğü sarışın, büyüğü esmer, ama ikisi de kıvırcık saçlıydı. Gözleri muzipçe ışıldayarak bakıyorlardı bana.

Kahverengi saçlı olan, "Kemal," diyerek kendini tanıttı. "Bu da Martin," dedi.

"Agnes," dedim. El sıkıştık ve bu çok yetişkin tavrımıza kıkırdayarak güldük.

"Gecenin bu saatinde ne yapıyorsunuz siz burada?" diye sordum.

"Uyuyamıyorum ve canım çoook sıkılıyor," dedi genç çocuk somurtarak. "Tam da futbol sezonunun ortasında başıma bu geldi." Alçıdaki bacağına işaret etti.

"Ya sen?" diye sordum öbürüne.

"Ben futbol seyrediyordum. Daha önce biri ziyaret ettim," dedi yine o bozuk Almancasıyla ve birden endişeli bir hale büründü.

"Karısını!" dedi Martin gülerek.

"Hayır, hayır, tam öyle değil. Karım değil," diye hızla salladı kafasını Kemal ve oturduğu yere çöküverdi. "Ben burada çalışıyorum. Postacı!" diye ilave etti, sanki aklına yeni gelmiş gibi.

"Bir postacının sabahın ikisinde burada ne işi olur?" diye sordum.

Martin sırıttı. "Eveeet, soru da bu ya!" dedi gizemli bir halde. Kemal mutsuz görünüyordu. Konuyu değiştirmeye karar verdim.

"Profesyonel futbolcu mu olmak istiyorsun?" diye sordum Martin'e.

"Hem cerrah hem profesyonel futbolcu olacağım," dedi kendine güven dolu bir sesle. Ben elli yıl uğraşsam böyle özgüven geliştiremeyecektim kesin. Kemal, arkadaşça onun kolunu yumrukladı. Sonra yiyecek otomatına gitti ve birkaç küçük çips ve fıstık paketiyle geri geldi. Ben çikolata çubuğumu üçe böldüm. Yiyeceklere saldırdık. Martin, deli gibi yağan yağmurda nasıl futbol oynadığını ve çamurlu sahada nasıl kayıp düştüğünü anlattı. Düşünce diz bağları kopmuş.

"Ben bir *pişmiş tavuk,*" um dedi Martin. İkisi de güldüler. Anlaşılan bu ikisinin arasında bir şakaydı.

"Pişmiş tavuk Türkçe bir deyiş," diye açıkladı bana Martin. "Benim başıma gelenler, pişmiş tavuğun başına gelmedi." İki haftadır buradaymış ve gece hemşiresinden habire kaçıyormuş diye anlattı ağzına patates çipsi, yer fıstığı ve çikolata tıkıştırırken.

"Arkadaşım Kemal'i bu şekilde tanıdım. O da firarda. Karısından ve polisten kaçıyor," dedi Martin, yiyecek dolu ağzıyla.

"Hayır, hayır," dedi Kemal yine sıkıntıyla. O anda bir gece hemşiresi içeriye girdi ve Martin'i azarlamaya başladı. Bize bakışları yıkıcıydı.

"Evet, küçükbey, şimdi derhal yatağa gidiyoruz," dedi, çocuğun tekerlekli sandalyesini azimle dışarıya ittirirken.

Çapkınca sırıtarak, "Memnuniyetle hemşire hanım!" dedi Martin. Ayrılırken bana göz kırptı. Küstah laflarına rağmen mutsuz bir çocuk görünümü vardı. Kemal bana Martin'in gözünden kaçan birkaç yer fıstığını ikram etti. Nezaketsizlik etmek istemedim ama yine de merakımı yenemedim. Sorumu öylesine soruyormuş havasına sokmaya çalıştım.

"Yani, sahiden karın mı var senin?" Kemal'in gözlerini yine panik kapladı.

"Evet..." Omuz silkti. Kemal'in viran olmuş tepkisine bakarsan, belki de zavallı kadın ölümcül hastaydı. "Adı ne?" diye sordum. Durakladı, sonra, "Berta," diye yanıtladı.

"Berta mı?" Öyle güldüm ki boğazıma fıstık kaçtı. Kemal sırtıma vurdu. Bugün artık adı Berta olan kalmış mıydı?

"Özür dilerim ama, Ayşe falan diyeceğini sanmıştım. Berta diyeceğin hiç aklımdan geçmezdi. Son rastladığım Berta, bin sekiz yüz bilmem kaç doğumlu bir hastaydı." Tekrar güldüm.

"Evet," dedi Kemal yılgın bir halde. "Gitmem lazım. İyi geceler." Arkasından şaşkın şaşkın baktım ve sonra biraz uyumak için odama gittim.

BÖLÜM 8

Egon haşhaşlı kurabiye istifini tazelemişti. Rahibe Rosa'nın, içindeki küçültülmüş kafa bulunan şapka kutusunu, eskiden arkadaşlarıyla paylaştığı evin garajına bırakmaya gitmiş, orada, arkadaşı Theo'ya kurabiye yaparken rastlamıştı. Egon eve gelip de kutuyu açtığında, sıcak kurabiyelerin insanı baştan çıkaran mis gibi kokusu yayılmıştı etrafa. Randevusu aklına geldiğinde, Agnes, kutunun yarısını mideye indirmişti bile. Fırlayıp gitmiş ve tam zamanında, Bayan S.'in karşısında yerini almıştı.

"Dobrowsky ve Marion'un tişörtlerini birbirleriyle değiştirdiklerini hatırlıyor musunuz?" diye sordu psikoterapistine neşeyle. "Bu noktadan itibaren yine Dobrowsky anlatmaya başlıyor."

Koller, ancak birkaç saniye sonra, Marion'un tişörtündeki YKSWORBOD'un ne anlama geldiğini anlayabildi. Bunun için kafasındaki çarkların nasıl döndüğünü görüyordum adeta. Koller iki kere ikiyi hesaplayıp doğru sonuca ulaştı. Ben yokmuşum gibi davranarak, Marion'un karşısında şişindi.

"Orospu!" diye haykırdı. "Seni fahişe seni!" Koller hiçbir zaman hazırcevap biri değildi. Başka bir eşanlamlı daha arıyordu ki, Marion'dan şak diye bir tokat yedi. Sol yanağındaki kırmızı el izinin dışında, Koller'in yüzü kireç gibi bembeyaz oldu. Ben kulaklarıma kadar sırıttım. O anda, Marion bir tokat da bana patlattı.

Marion derhal çıkışını verdi ve vedalaşmadan ayrıldı gitti. Tokatlama olayını öğrenmiş olan başhekim, Koller'i hemen işten attı. Eski kafalı bir doktordu, kadınlara hakaret eden kimsenin klinikte çalışmasına katlanamazdı. Beni ofisine çağırttı.

"Dobrowsky," dedi şef. "Sizi şimdiye kadar neden terfi ettirmediğimi düşündünüz mü hiç?" Ağzımı açmadım. Bunun retorik bir soru olduğunun farkındaydım.

"Sizin pervasızlığınızı biliyorum ve sizden hoşlanmıyorum," dedi. Bekledim.

"İki deneyimli doktoru aynı zamanda kaybettim. Sizi de işten atma gibi bir lüksüm yok bu nedenle. Oysa içimden öyle yapmak geliyor. Ne yazık ki şu anda en kıdemli asistan doktor sizsiniz. Sizi başasistanlığa terfi ettiriyorum. Şimdi yok olun karşımdan."

Bu kariyerimin başlangıcı oldu. Hayat adildir diye kim iddia etmiş ki?

Bu hikaye, Bayan S.'i gülümsetti. Sonra Agnes'e, kızı Nicole ile ilgili sorular sordu biraz. Bayan S.'in, Nicole'ün babasının kim olduğunu öğrenmeye çalıştığının farkındaydı Agnes. Kızının yaptığı, gururla çantasında taşıdığı bir resmi gösterdi psikoterapistine. Rengarenk çöp adamları görünce, Bayan S. gülümsedi. Hafif hüzünlü gibiydi sanki. Elfie'nin, resimlere, "Ayaklı küçültülmüş kafalar," dediği aklına geldi Agnes'in. Theo'nun haşhaşlı kurabiyeleri sayesinde hâlâ kendini rahat hisseden Agnes, Bayan S.'e, Rahibe Rosa'nın şapka kutusundan bahsetmeye koyuldu.

Psikoterapistin yüzündeki gülümseme kayboldu. Agnes, kutunun içindeki kafanın, Haiti'deki bir hediyelik dükkanından alınmış olduğunu ileri sürerek durumu son anda kurtardı. Bayan S., Agnes'i bir müddet daha kuşkuyla süzdü, sonra, kendi kendini mantıklı olmaya davet edercesine kafasını salladı.

Agnes, başhekim Koller olarak anlatmaya devam edebilir mi, diye sordu. Bayan S. ciddi bir tavırla:

"Buyrun Bay Doktor Koller! Bana gelme nedeniniz nedir?" dedi. Agnes, kadının aklından zoru mu var acaba, diye düşündü.

Ofisime girip de, kapıyı kapadığımda, bir koku geldi burnuma. O tatlımsı koku havaya yapışmıştı. Kutsal mekanımın her köşesine sinmişti. "Bayan Sarah!" diye bağırdım. "Ne kokuyor burada?" Burun deliklerini kabartarak etrafı kokladı Bayan Sarah.

"*Egoiste*," diye teşhis koydu.

"Bu pis kokunun, Dobrowsky'nin traş losyonu kokusu olduğunu biliyorum," dedim sabırsızlıkla. "Neden koktuğunu bilmek istiyorum."

"Bay Doktor Dobrowsky kahve içmeye uğradı. Siz henüz gelmemiştiniz."

Oturdum ve elimi, tavuk kışkışlar gibi sallayarak Bayan Sarah'ya dışarıya çıkmasını işaret ettim. Dobrowsky'nin kokusundan kurtulmak için pencereleri açtım. Güneşli bir gündü. Gerginliğim geçti. İdare kurulu toplantısına gitme görevini Lindemann'a kakalamıştım. Diğer can sıkıcı tiplere uyuyordu o. Koltuğuma oturdum, ellerimi kavuşturdum ve keyifle dışarıya baktım.

Dobrowsky'nin kafası hızla pencere min önünden geçti. İngiliz çimine ter damlaları sıçratarak tur atıyor, beş dakikada bir camdan görünüyordu. Ayağa kalkıp pencereyi kapadım, perdeleri çektim ve ışığı yaktım. Ofisim, bir anda, sanki halının üstünde kolu kanadı kırılmış bir cinayet kurbanı yatıyormuş gibi uğursuz bir havaya bürünüvermişti. Gözümün önünde canlanan hayal güçlüydü, adeta halının imdat çığlıklarını duyuyordum. Yani, demek istediğim, bir şekilde, ofisimde bir gariplik hakimdi. Akşam olup da viziteden geri döndüğümde, Dobrowsky beni neşeyle selamladı. Sonra da karşı kapıdan içeriye girip yok oldu. Kapı arkasından kapandı, gözlerim, üstünde Dobrowsky'nin ismi yazılı büyük bir pirinç tabelaya takılı kaldı.

Psikoterapist, söz, Agnes'in Blumenthal'daki hastaneye geri gitmesi konusuna geldiğinde, neden saklanacak delik arar gibi olduğunu hâlâ bilmiyordu. O iş görüşmesine gitmesi için Agnes'i yüreklendirmeye çalışıyordu. Aslında Agnes'in artık Koller ile görüşüp tanışmasına bile gerek yoktu. Sorun daha ziyade, adamın Agnes'i fazlasıyla iyi tanıyor olmasıydı. Bayan S., Agnes'in Dobrowsky'ye rastlamamak için mi Blumenthal'a tekrar gitmek istemediğini bilmek istedi. Dobrowsky'nin artık orada olmadığını söyledi Agnes. Bayan S., geçmişi kurcalamaya devam etti. O zamanlar, Dobrowsky dışında başka bir erkekle beraber olup olmadığını bilmek istedi. Agnes, belki başasistan Alois Lindemann hakkında bazı şeyler anlatması gerektiğini itiraf etti.

"Bence, Alois Lindemann, kendisi anlatmayı tercih edecektir," dedi Bayan S. Agnes, bezgince başını eğdi.

Buzdolabından bir bira aldım ve yere oturdum. Aradan yarım sene geçmiş olmasına rağmen, evim hâlâ taşındığım günkü görüntüsündeydi. Büyük odada yere serdiğim şiltede uyuyordum. Banyoda çoraplarım ve donlarım çamaşır ipinde takılıydı. Çamaşır yıkama günüm hep çalıştığım güne denk geliyordu ama sorun değildi, zira hastanede kendi kıyafetlerimi giymiyordum. Evde, genellikle dizleri çıkmış eşofman pantolonumla dolaşıyordum. Hatta bazen külotla. Ziyaretçim olmuyordu zaten. Elimde bira şişesiyle duvara dayandım ve büyük bir yudum aldım ağzıma. Bira, ensemden girip, sağ gözümü oyan baş ağrısını azaltmıyordu besbelli. İçimden hüngür hüngür ağlamak geliyordu. Adam gibi sarhoş bile olamıyordum. Birkaç yudum biradan sonra ya migren ya da depresyon bekliyordu beni. Şampanyanın o tüyler ürpertici etkisinden ise hiç söz etmeyeyim. Yanan yanaklarımı şişeyle serinlettim. Bugün yine küçük düşürücü olaylar birbirini kovalamıştı. Gün boyu olanlar, kafamın içinde, saplantı halinde bir sonsuz döngüye girmişti. Benim alkol lanetim böyle işte.

Dobrowsky, sayemde hastanede kendi ofisine kavuşmuştu. Benim hiç umurumda değildi ama Koller sinir krizi geçirmişti. Dobrowsky ile sanki ona aşıkmış gibi görünen hastane yöneticisi beni oyuna getirmişlerdi. Koller'in beni göndermiş olduğu toplantıda, boş duran bir odanın kullanılma amacı tartışılmıştı. Ne için isterlerse kullansınlar dediğim anda, toplantı çabucak sona ermişti.

Akşama doğru Koller'in yanına gittim. Kapısı ardına kadar açıktı. O ofis hakkında hiçbir zaman onayını vermediğini haykırıyordu telefona. İçimi mide bulandırıcı bir his kapladı. Koller bir süre sonra telefona sığır gibi böğürmek yerine dinlemeye başladı. Yüzü uzadıkça uzuyordu. Bu işin sorumlusunun karşısında oturduğunu anladığında, telefonun ahizesini tak diye yerine koydu.

Ben kısa bir süre öncesine kadar sadece bir üniversite kliniğinde çalışmıştım. Çok vicdan sahibi bir insandım, (içimdeki bira bağırıyordu: "Pısırık!"), dürüsttüm, ("Kendi fikrin yok," dedi bira), konusuyla ilgili, ("Saplantılı," diye alay etti), zeki, ("Bak sen!"). Elimdeki bira şişesine, "Bana hep bilimsel çalışmalar kakıştırıldı, ama bunlar sonra profesörlerimin adı altında yayımlandı. Senin anlayacağın, ben daha ziyade teorisyenim," diye açıkladım. Bu şu demekti, sıra ameliyat etmeye gelince, bana fırsat vermek kimsenin aklından bile geçmiyordu. Sonra, günlerden bir gün, kıyamet koptu. Doğumhanede yalnızdım, zira diğer herkes acil vakalarla meşguldü.

Başımı iki yana salladım. Artık kafamdan çıkarmak istiyordum olayı. Şimdiki iş yerinde daha kimse bana *la cucaracha*, yani hamam böceği demeye başlamamıştı. Kafamdaki film buna rağmen oynuyordu:

Yılbaşı gecesiydi. Ofiste küçük bir kutlama yapılıyordu. Televizyonda Speedy Gonzales vardı ve o esnada *"La cucaracha,"*yı söylüyordu. Şampanya kadehlerimizi tokuşturduk ve şarkıya eşlik ettik. Oyunbozanlık etmek istemediğimden ben de bir iki kadeh boşalttım. Sonra birkaç acil vaka üstüste geldi. Tam doğurmak üzere olan hamile bir kadınla doğumhanede başbaşa kaldım. Diğerleri acil bir ameliyata girmek için yok oldular.

Zor bir doğum değildi. Kadın ıkındı, geri kalan işi de ebe halletti. Yenidoğan bütün gücüyle bağırıyordu. Ayakta zor durduğum kimsenin dikkatini çekmemişti. Daha doğumun sersemliği üzerlerinde, alt değiştirme masasında elini ayağını oynatan küçük mucizeyi seyreden annebabayı tebrik ettim.

Birdenbire, genç annenin karnından bir kan seli boşaldı. Kadın gözlerini döndürdü ve kendinden geçti. Ebe, kadının kocasını odadan çıkardı ve alarma bastı. Ama kimse gelmiyordu. Kanamayı durdurmak için ne yapılması gerektiğini biliyordum. Pratikte hiç görmemiştim ama okumuştum bunun hakkında. Ebe son derece genç ve tecrübesizdi, korkudan tir tir titriyordu. Ben şokun yarattığı hareketsizlikten sıyırdım kendimi. Dirseğime kadar gelen eldivenleri giydim ve bacak destekleyicilerinin ortasına oturdum. Bir elim kadının vajinasında, diğer elim de karnında olmak üzere, masaja başladım. Bu şekilde, rahmin kendini toparlaması sağlanabiliyordu. Önemli olan çabuk kesmemekti masajı. Dakikalardır ovuşturuyordum, elime kramp girdi. Fakat kan artık coşkulu bir dere gibi akmıyor, küçük bir akarsu gibi sızıyordu.

Nihayet anestezistler geldiler. Hastanın yüzünün önünde bir perde oluşturdular ve anestezistlerin yapması gerekeni yaptılar. Boğazın içine boru salmak, infüzyonlar, kan nakli. Biraz sonra kan dolaşımı dengelenmiş, tehlike geçmiş, hayat kurtarılmıştı. Üstümdeki baskının bir anda geçtiğini algıladım.

Sanki şampanya şişesinin tamamını tek başıma boşaltmış gibi bir hisse kapıldım.

Bir kasa şampanya şişesinin.

Sol elim hâlâ vajinanın içinde olduğu halde ayağa kalktım, sağ kolumu havaya kaldırdım, *"La cucaracha"* şarkısını söyleyerek küçük bir dans yaptım.

Sağ elim flamenko dansözü pozunda havada, kalçamı şarkıya uygun kıvırırken, aniden dehşet dolu yüzlere bakar buldum kendimi. Kadının kocası ve başhekim, anestezi perdesinin arkasında durmuş, şaşkınlıkla beni izliyorlardı.

Bu olay, bir etik komisyonu tarafından incelendi ve bir müddet, mesleki açıdan fazlasıyla yüz kızartıcı bulunduğu için, hasır altı edildi. Sonra ise, üniversite kliniğindeki, *"Cucaracha - Hamam Böceği,"* vakasını, öğretici bir örnek olarak, seminerlerde sunma kararı alındı.

Bu olaydan sonra tek istediğim oradan kaçmaktı. Koller'in yanında çalışmak için başvurdum. Blumenthal'daki bu iş yerinden Alfred sayesinde haberim olmuştu. Üniversite Kliniği'nde olan olayı duyan kimse beni kesinlikle işe almazdı. Blumenthal'da çalışan o Alfred ile bir kongrede karşılaşmam, olağanüstü bir fırsattı. Aşırı içen ve hayal ettiği başhekimlik pozisyonuyla böbürlenen, antipatik bir adamdı. İkimiz de, zamanımızı kongreden ziyade otel barında geçiriyorduk. Ben saatlerce ilk içkimi yudumlarken, Alfred kadehleri peşpeşe boşaltıp duruyordu. Sonuç ikimiz için de aynıydı. Alkolü bünyemin kaldırmıyor olmasının pratik yönüydü bu.

Son akşam, bardan çok geç ayrıldık ve odalarımıza yöneldik. Önümde, tehlikeli bir şekilde yalpalayan iki Alfred görüyordum. Gözlerimi odakladım ve onu hafifçe iteledim. Alfred, merdivenden aşağıya yuvarlanırken, birkaç kez takla attı. Aşağıya vardığında, baygın ve bir bacağı ters dönmüş bir halde yatıyordu.

Alfred henüz ameliyat edilirken, ben onun yerine başhekim olarak müracaat ettim ve Koller beni işe aldı. Alfred'in yaptığımın farkına varıp varmadığını ve Koller'in de *Cucaracha* vakasından haberdar olup olmadığını bugün dahi bilmiyorum.

Bu akşam, hastane yöneticisiyle telefonla görüştükten sonra, Koller hakkımda neler düşündüğünü ince ince açıkladı. Ruhumu asit saldırısı gibi yakan bir sürü aşağılayıcı sözler söyledi, ama Üniversite Kliniği'ndeki vakadan bahsetmedi. Anlaşılan o olaydan gerçekten bihaber.

BÖLÜM 9

Agnes'in, Bayan S.'e küçültülmüş kafadan bahsettiğini duyunca Elfie şaşa kaldı. Psikiyatrist, yengesini akıl hastanesinin kapalı koğuşuna göndermeye kalkarsa diye, ona terapiye giderken eşlik etti. Elfie, arta kalan haşhaşlı kurabiyeleri çöpe attırıncaya kadar, "Ömür boyu akıl hastanesine tıkılırsın ve Nicole'ü de elinden alırlar," diyerek, Agnes'in gözünü korkuttu. Tam muayenehanenin önünde Elfie'nin midesi bulandı. Agnes, terapistin eşiğine kusmadan, Elfie'yi eve gönderdi.

Agnes, beş yıl önce Blumenthal'da olanları artık bundan sonra Bayan S.'e sırf kendi penceresinden anlatacaktı.

Boş muayene odasında oturmuş, esneye esneye, doğum sırasında acil durumlarla ilgili ders kitabına bakıyordum. Neredeyse gece yarısı olmuştu. Aslında bu gece Egon'un nöbeti vardı. Ama kardeşim bugün yine uyurgezer günlerinden birini yaşamıştı. Ameliyathanede, Lindemann kürtaj yaparken, Egon tüm alet setini elinden düşürmüştü. Zaten, Egon ortalığı darmadağın etmeden önce de, başasistanın, sanki keskin kenarlı kürtaj küretiyle kendi içi de kazınmış gibi bir görüntüsü vardı. "Yıkıl karşımdan," diyerek Egon'u kovmuştu. Kardeşim, bunun üzerine gerçekten ortadan yok oldu. Akşam olduğunda bile görünürlerde yoktu, halbuki çalışması gerekiyordu. Ya intihar etmişti, ya da henüz sağlığı yerindeydi ama ortaya çıktığı zaman Lindemann onu öldürecekti. Bu şıklardan hangisi konusunda daha çok dertlenmem gerektiğini bilmiyordum. Derken, benim tarifi imkansız kardeşim beni Zürih'ten aradı. Müzik grubuyla biraz daha uzun takılırsa, yokluğu dikkati çeker mi, diye soruyordu. Tam ayık olmadığı aşikardı. Fikrimi söyledim ve histerik bir halde Alfred'e koştum. Başasistana, Egon ile nöbetini değiştirdiğini söylemesi için yalvardım. Alfred, buna karşılık Egon'dan üç nöbet üstlenmesini istedi. Egon neşeyle peltek peltek: "Sen gerçek bir dostsun! Kaç nöbet istersen söyle, yaparım senin için," diye bağırdı telefona.

Alfred, Egon'dan devraldığı görevi benim üstüme attı. Sıradan şeyler için rahatsız edilmek istemediğini sıkı sıkı tembih ettikten sonra erkenden yatağa gitti. Sıradan şeyin tarifi, içinde bir zerre hayat işareti olan her acil vakaydı.

Huzursuzlukla ders kitabımın sayfalarını çeviriyordum. İtici resimlerle doluydu kitap. Birkaç sayfada bir, uyarı vardı: "Ameliyat esnasında bu durumla karşılaşmaya hazır ol!" "Şu durumla karşılaşmaya hazır ol!" Sonra da, bombayla parçalanmış gibi görünen içorganların resmi çıkıyordu karşıma. Ayağa kalkıp, üçüncü kez, felaket tehlikesi var mı diye doğumhaneye bakmaya gittim. Kazak örmekte olan Rahibe Rosa'nın dışında doğumhane bomboştu. Tonton bir büyükanneye benziyordu yaşlı hemşire. Tehlikeli durumlar karşısında müdahale edebilecek gibi görünmüyordu.

O akşam bilmem kaçıncı kez sordum: "Rahibe Rosa, acil bir durum yok mu?" Yaşlı rahibe kafasını neşeyle salladı ve bitki çayı içer miyim diye sordu.

"Yatıp uyumak istemez misin, yavrum? Bir şey olursa sana seslenirim, sonra birlikte güzel bir doğum yapıveririz," dedi. Rahibe Rosa'ya sempati duyuyordum ama karar verme yetkisi konusunda şüpheliydim. Güzel bir doğum mu? Bunu da nereden çıkarmıştı! Biraz önce okuduklarıma bakılırsa, zavallı kadın biraz çatlak olmalıydı. Muhtemelen ebelik konusundaki bilgileri artık geçerli değildi. Yaşlı rahibeyi yalnız bırakabileceğimi sanmıyordum. Örgü şişlerinin takırtısını dinleyerek çayımı içtim. Rahibe Rosa pür dikkat ilmikleri sayıyordu.

"Plasenta vaktinden önce yerinden ayrılırsa ne yaparız?" diye sordum.

"O durumda ikimizin de elimize neşteri almamız gerekir. Sezaryen yapar, bebeği alırız," diye kıkırdadı Rahibe Rosa. Ben de güldüm. Şimdi acil bir sezaryen yapmak zorunda kalsam, çılgın büyükanne asistanım olacaktı.

"Servislerde ne olup bitiyor, gidip bakayım," dedim. Rahibe Rosa yün yumağıyla el salladı.

Gecenin o saatinde koridorlar bomboştu. Hastalar uyuyordu, bebek odası bile sessizdi. İçeriye bir göz atayım dedim ama, kapı kilitliydi. Bebek çalınması, her hemşirenin korkulu rüyasıydı. Bu yüzden bebekler geceleri kilit altında tutulurdu. Fakat hemşire odasının kapısı da kapalıydı. Bu alışılmış bir durum değildi. Normal olarak, gece hemşiresi, koridoru gözetleyebilmek için kapıyı açık tutardı. Kapıyı tıklatınca içerden sesler duyuyor gibi oldum. Biraz sonra gece hemşiresi kapıyı açtı ve hemen gene arkasından kapattı. Muhtemelen erkek arkadaşıyla beraberdi. Bunda bir şey yoktu bence, hemşire odasında ne yapılabilirdi ki! Ama sanki genç hemşirenin alnında neon ışıklarıyla "Tam seks yapıyordum," yazıyordu.

"Ortalık sakin mi?" diye mahcubane bir tavırla sordum. Genç kadın rahatladı, zira, hiçbir şeyin farkına varmadığımı sandığı belliydi. "Hımmm, ya senden ne haber?" diye kedi gibi mırıldandı.

"Bir yaramazlık yok," dedim, canım sıkkın bir halde ve yatmak üzere çekip gittim. Rahibe Rosa birkaç dakika bensiz olabilirdi, nihayetinde telefon numaramı biliyordu.

Ofislere giden merdivenlere tam yaklaştığımda, koridorun öbür ucundan gelen telaşlı sesler duydum. Bir kadın yerde kıvranıyordu. Karnı, devasa bir balon gibiydi. Yanındaki iki yaşlı refakatçisi, kadını yerden kaldırmaya çalışıyorlar, aynı zamanda birbirlerini engelliyorlar ve yabancı bir dilde feryat figan ediyorlardı. Bağırtılarını anlayamıyordum, fakat kulağa "Halla, halla, halla!" diyorlarmış gibi geliyordu. Genç kadın birden şaha kalktı. Çok iri kıyımdı ve etrafına katır gibi güçlü çifteler atıyordu. Refakatçiler bir tarafa savrulurken kadın avazı çıktığı kadar haykırdı. O sırada gece bekçimiz de onlara katıldı. Adamcağızın emekli olmasına sadece birkaç ay

111

kalmıştı ve en büyük keyfi bir iki kadeh atıp kafayı bulmaktı. Bu gergin duruma hakim olamayacak haldeydi. Koyu kırmızıya dönüşmüş suratıyla kadınların etrafında nefes nefese koşturuyordu.

Gece hemşiresi ve ben, neredeyse aynı anda bu küçük gurubun yanına vardık. Bekçi, fırsat bu fırsattır diyerek tüydü. Gebe kadını doğumhaneye taşıma işini bize bıraktı. Rahibe Rosa, kadını doğum yatağına yerleştirdi ve iki yaşlı teyzeyi de hemşirenin himayesine bıraktı.

Rahibe Rosa gerekli muayeneleri yaptı. Minicik ebenin, dirseğine kadar gebe kadının içinde kayboluşunu izlemek tüyler ürperticiydi.

"Bebek ters duruyor, Bay Doktor Lindemann'ı ara," dedi bana aceleyle. Ters duruş! Bu iyiye alamet değildi. Hızlı, çok hızlı müdahale edilmesi gerekilen durumlardan biri değil miydi bu? Bağrış çağrışın sersemliği içinde en yakın telefona sendeleyerek gittim. Duvarda bütün acil durum numaraları asılıydı. Titreyerek Lindemann'ın numarasını çevirdim. Sanki gece boyunca bekliyormuşçasına, daha ilk çalışında telefonu aldı.

"Ters doğum olacak. Rahibe Rosa dedi ki..." diye kemküm ettim. Ama Lindemann telefonu çoktan kapatmıştı bile. Ders kitabımı almak üzere koşarak dışarıya çıktım. Lindemann'ın ne zaman geleceğini bilmiyordum ve doğuma hazırlıklı bulunmak istiyordum. Koridorda Dobrowksy ile çarpıştım.

"Bu çığlıklar da neyin nesi?" diye sordu.

"Acil durum," dedim soluk soluğa. "Ters doğum... Doktor Lindemann henüz gelmedi..."

"Peki, hemen hallederiz!" dedi Dobrowsky ve gülerek doğumhaneye daldı. Afallamış bir halde arkasından gittim.

Paldır küldür içeriye girdiğimizde, Rahibe Rosa şaşkınlıkla bize baktı. Hiç panikte değil gibiydi, bebekten ise daha hiçbir işaret yoktu. "Zahmet etmeyin Doktor Bey, bebek iyi durumda ve Doktor Lindemann her an burada olacak," dedi.

Dobrowsky, bu sözden hiç etkilenmemiş bir halde, steril eldivenleri ve önlüğü giydi. "Buraya gelmişken yardım edebilirim" dedi. Rahibe Rosa mutsuz bir tavırla kenara çekildi. O anda Lindemann kapıda göründü.

"Hah, geldiniz!" diye güldü Dobrowsky. Kafasıyla beni göstererek, "Şu genç meslektaş, zamanında yetişemeyeceksiniz diye çok dertlenmişti, bu yüzden ben yardıma koştum."

Bu aşağılık herif, sanki onu ben çağırmışım gibi bir hava yaratmıştı. Lindemann'ın nefret dolu bakışları altında büzülüp kaldım. Taş kesilmiş bir suratla, steril bir önlük aramaya başladı. Bulamadı, zira Dobrowsky biraz evvel son önlüğü giymişti. Koşarak koridora yöneldi. Hemen sonra hüsranla geri geldi ve Rahibe Rosa'ya, o lanet olası önlüklerin yerini sordu.

Doğurmakta olan kadın, "Uiyy, ayy, ayy," diye bağırıyordu.

Dobrowsky haykırdı: "Nefes alın! Tutun nefesi! Ikının! Ikının! Ikının!"

Kadın derin bir nefes aldı ve Dobrowsky'ye bağırdı. Muhtemelen, "Seni lanet olası piç, yardımına ihtiyacım yok, çek pis ellerini üstümden," gibi şeyler söylüyordu. Lindemann bu arada önlük aramaktan vazgeçmiş ve üstündeki normal giysileriyle ve eldivensiz olarak doğum yatağına yanaşmıştı.

"Kurva," diyerek bir çığlık attı kadın. Bir kere ıkındı. Dobrowsky, kendisine doğru fırlayan bebeği ancak yakalayabildi. Hemen göbeğini kesti ve kaygan yenidoğanı Lindemann'ın eline tutuşturdu.

"İşte bu kadar! Bu yüzden gece boyunca telefonu gözetlemeye gerek yok," dedi, kök salmış gibi duran Lindemann'a. Anlaşılan, bebek olayı taçlandırmak istedi, Lindemann'ın göğsünü hedef alarak çiş yaptı.

Annesi, "Oğlan!" diye bağırdı gururla.

Lindemann, adeta bebeği elinden fırlatmak ister gibi görünüyordu. Rahibe Rosa hemen emniyete aldı yenidoğanı. Dobrowsky vedalaştıktan sonra bir şarkı mırıldanarak gitmeye koyuldu. Kapıya gelince arkasına döndü ve Lindemann'a göz kırptı, "Gerekirse plasentayı *Cucaracha* yöntemiyle alın," dedi. Lindemann, suda boğulurcasına hırıldadı. İçimden bir ses, bu *Cucaracha* yöntemini hiçbir ders kitabında bulamayacağımı söylüyordu.

Dobrowsky'nin neden gecenin bir saatinde hastanede olduğunu düşündüm. Sonra duruma uyandım. Gece hemşiresinin gizemli ziyaretçisi! Vay vay! Elime fırsat geçtiği an neden gırtlağını sıkıp işini bitirmemiştim ki bu şerefsizin?

Erkeklerle ilişkileri konusunu sorduğumda, Agnes hep cevap vermekten kaçınıyor. Dört yaşında bir kızı olduğunu biliyorum. O zamanlar bazen doğum kontrol hapını almayı unuttuğunu ve idrar yolu enfeksiyonundan dolayı aynı zamanda antibiyotik aldığını ima ediyor. Çocuğun babasının kim olduğundan asla bahsetmiyor. Sürekli, başından beri çocuğunu tek başına büyüttüğünü söylüyor. Buna rağmen bir yerlerde bir baba olmalıydı. Nicole'ün babasını, nafaka ödemeye zorlayıp zorlayamayacağını sordum. Önemli bir noktayı anlamamışım gibi bir bakış fırlattı bana. Sonra gergin bir şekilde güldü ve, "Bunun imkanı yok," dedi. Ondan sonra da bu konu hakkında konuşmak istemedi artık.

Gerald ile tanıştığımda on dokuz yaşımdaydım. O güne kadar başka bir erkekle hiçbir ilişkim olmamıştı. Buruk bir hisle, boş yere harcanmış yıllar, diye düşündüm. Evlenmeden önce, Gerald çocuğu olamayacağını söylemişti bana. Hayal kırıklığına uğrayıp uğramadığımı anımsamıyorum bile. O esnada Gerald'a sarılıp onu teselli etmekle öyle meşguldüm ki! Çocuk konusunu umursamıyordum. Ben Gerald'ı istiyordum. Kısa bir müddet sonra, taşaklarında, belli belirsiz, ufacık iki yara izi keşfettiğimde, Gerald baştan bihabermiş gibi davranmıştı. Neredeyse ona inanacaktım. Ama tam o aralar, üroloji bölümünde stajyerdim. Her gün vazektomi işlemi yapılıyordu. Kendini kısırlaştırdığını itiraf edene kadar, Gerald'a rahat vermedim. Gerald, hamile kalan eski kız arkadaşının kendisine şantaj yaptığını ama sonunda yine de çocuğu aldırttığını söylemişti. Bu olay onda öyle bir travma etkisi yaratmış ki, bunun üzerine kendini kısırlaştırmış. Şok olmuştum. Bu yalan göğsüme taş gibi oturmuştu. Ama Gerald'ın ıstırap yüklü görüntüsü de dayanılmazdı. Tamam dedim ve bir daha bu konuda hiç konuşmadık.

Agnes anlatmaya devam etti:

Ertesi sabah, mutsuz bir şekilde Lindemann'ın ofisine gittim. Görevlerimden birisi, başasistana muayene esnasında yardım etmekti. Geç kalmadan, kapısını tıklattım ve içeriye girdim.

"İlk hastanın adı Bayan Garcia," diye bir şeyler geveledi, selamlamak yerine.

Hastayı içeriye aldım. Lindemann, suratında ölüm habercisi ifadesiyle tanıttı kendini. Bayan Garcia'nın yüz ifadesiyse onun altında kalır gibi değildi. Kuvvetli bir şiveyle, hamile olduğunu söyledi. Gözüm, kadının hasta hikayesindeki doğum tarihine kaydı. Kırk beş yaşındaydı, ve bu yaştan bir gün dahi genç görünmüyordu. Lindemann, tebrik mi etsin yoksa, "Vah vah, neyse bir kürtajla hallederiz," mi desin kararsız görünüyordu. Bayan Garcia'nın Almanca bilgisi, "Hamile" kelimesinden sonra tükenmişti. Üçüncü kattaki Portekizli temizlikçi kadını çevirmen olarak getirmeyi önerdim.

"Çocuğu aldırmak istiyor mu?" diye sordu Lindemann tercümana.

Kadın dehşet içinde, "Hayır, hayır doktor bey!" dedi. Bu tam olarak kimin isteğiydi, belli değildi. Lindemann, temizlikçi kadından hastaya o soruyu sormasını istedi. İki kadın bir müddet hararetle tartıştılar.

"Kürtaj si mi no mu?" diye sordu Lindemann bir ara sabırsızlıkla.

"Hayır, kürtaj yok!" dedi temizlikçi kadın kesin bir dille. "Eğer ölmeyecekse, çocuk istiyor."

Lindemann tamamen ikna olmuş değildi. Kadının eski hamilelikleri hakkında bilgi istedi. Bayan Garcia anlatmaya başladı. Temizlikçi kadın, habire gözlerini kocaman açarak elleriyle ağzını kapatıyordu. Lindemann saatine baktı ve kadının lafını kesti.

"Doktor Bey, bilmiyor, hastaydı. Az kaldı ölüyordu," dedi tercüman sitemkar bir tarzda. Lindemann kadına teşekkür ederek kapıya doğru yönlendirdi ve bayan Garcia'ya muayene sandalyesine oturmasını söyledi. Birdenbire bana ders vermekle yükümlü olduğu aklına geldi ve açıklama yaptı:

"Önce ultrason yapacağım. Belki de embriyo ölmüştür bile, o durumda sorun ortadan kalkmış olur. Yaşlı annelerde görülebilen bir durum." Bana bir şey öğretmiş olmanın gururuyla, içinde ultrason jeli olan kabı fazla sıktı. Kabın içindeki soğuk jel Bayan Garcia'nın karnına döküldü.

"Belki de hamile bile değildir, menopozdadır," diye mırıldandım. Lindemann'ın kulakları kızardı. Kadının gerçekten hamile olduğunu görünce, ferahlayarak derin bir nefes aldı. Ama embriyo, ölmeye karar vererek işleri kolaylaştırmadı.

İki hastadan sonra, mesane enfeksiyonu olan genç bir kadın geldi muayeneye. Derhal bir acıma hissi oluştu içimde ona karşı. Lindemann kadına bir hafta boyunca alması gereken bir antibiyotik yazdı. Bu konudaki bilgilerimle adamı etkileme fırsatını yakaladığımı düşündüm.

"Yeni antibiyotik Tridon yazılabilir mi?" diye sordum, hasta dışarıya çıkar çıkmaz.

Lindemann kaşlarını çattı. "Tridon henüz ruhsat almış değil," dedi. "Daha test aşamasında. Merkezi sinir sistemi üstünde olumsuz etkilerinin tespit edildiği birkaç vaka var. Ruhsat alsa bile, bu ilacı genç bir kadına vermem."

"Niye?" diye sordum huzursuz bir şekilde.

"Hamile olabilir, ya da doğum kontrol hapı kullanıyor olabilir."

Lanet olası! Ne anlatıyordu bu adam ya! Dobrowsky'nin bu ilacı veriyor olduğunu söyleme raddesine geldim. Hem de şahsen bana verdiğini! Ama herhalde Dobrowsky'nin idrar torbamla neden ilgilendiğini tahmin edebilirdi o zaman. Ağzımı tekrar kapadım. Doğum kontrol hapıyla ne ilgisi olduğunu sormama fırsat kalmadan, adam bir sonraki hastayı getirmeye gitmişti bile. Yaşlı bir kadının içeriye girmesi için kapıyı açık tutuyordu Lindemann. Kadın en fazla 40 kiloydu ve dünyanın en minik yaşlı kadın yarışmasında, Rahibe Rosa'yı sollardı. Bastonuyla, tıpış tıpış içeriye girdi. Sandalyenin en ucuna oturduğu halde, ayakları yere değmiyordu. Siyah elbisesini eliyle ütüledi, küçük, koket bir tülü olan minik şapkasını düzeltti, zarif beyaz eldivenlerini hafifçe ellerinden çekti ve şikayetlerini anlatmaya başladı. Sadece, elinde tuttuğu rengarenk naylon poşet, genel şık görüntüyü biraz bozuyordu.

O yaşta bir insanın başına gelebilen hastalıkların hemen hemen hepsi vardı kadında. O anda bu hastayı hatırladım. Geçen hafta kalp sorunu yüzünden Dahiliye Bölümü'ne yatırılmıştı. Naylon poşetin içeriğini masanın üstüne boşalttı.

"Küçük beyazlardan günde iki tane almam lazım, sarılar uyku için. Şunlar tansiyon ilacı. Bunları artık almam gerekmiyor," dedi kendinden emin bir tavırla.

Tansiyon aletini aldım ve ölçtüğüm değer karşısında tüylerim ürperdi. Kadın da kuşkuya düştü. Çaresizce: "Belki de doktor sarıları artık almayın demiştir," dedi.

Lindemann telefona sarıldı ve Brunner'e ulaşmaya çalıştı. Başarılı olamadı. Saat on ikiyi çoktan geçmişti, Brunner, her aklı yerinde insan gibi, şimdi öğle yemeğindedir, diye düşündüm içim giderek.

"Belki de ilkel çığlık terapisinin egzersizini yapıyordur da bu yüzden telefonu duymuyordur," diyerek şaka yapmaya çalıştım. Lindemann bugün ilk defa yüzüme baktı. Gözünü bile kırpmadan, beni, hasta kadının tekrar hastaneye yatırılmasını sağlamaya mahkûm etti. Karnım guruldayarak, yaşlı kadını Dahiliye Bölümü'ne götürdüm.

***

Madam Eskitoprak'ı Dahiliye Bölümü'nde yatağına yatırdığım anda, kapı hızla açıldı ve personel partisinde karşılaştığım tip kafasını içeri uzattı. Düşük moralim anında düzeldi.

"Aa, merhaba, sizin ne işiniz var burada?" diye sordum. Çok fazla sevinmiş havalara girdiğimi belli etmemek için kendimi zorladım.

"Ah, Agnes, o feci gürültülü partideki masa komşum!" diyerek güldü. Bir an için adamın neşesinin gerçek olmadığını düşündüm. Gergin bir hali vardı. Sorumu yanıtlamadan, eliyle alnına vurdu.

"Yanlış odaya girmişim!" diye bağırdı. "Agnes, söyle bakayım, o gün o kadar çabuk nereye kayboldun? King Kong'un konuşmasından sonra seni gözden kaybettim. O dağ gorili mi kaçırıp götürdü yoksa seni?"

Lanet olsun! Dobrowsky ile beraber ortadan kaybolduğumu fark etmiş miydi acaba? O beni neşeyle süzerken ben mahcubiyetten kıvranıyordum.

"Bu bölümde mi çalışıyorsun?" diye sordum sadete gelmek için.

"Hayır, sadece çalışıyormuş gibi yapıyorum," diyerek tekrar güldü. Koyu mavi renkli gözleri ışıl ışıl kıvılcımlar saçıyordu. Doğru dürüst bir şey aklıma gelmediği için sordum:

"Peki ne yapıyorsun tam olarak? Yani yapıyormuş gibi yaptığın nedir? Yani gorilleri izlediğin zamanın dışında." Saçmaladığımı anladığım için sesimi kestim.

"Psikoloğum," dedi.

Çağrı cihazım ötmeye başladı. Lindemann'a yardım etmem için ameliyathaneye çağrılıyordum. Ben telefondayken, adam dudaklarını, "Gitmem gerek," şeklinde kıvırdı ve yok oldu.

Steril eldivenler ve önlükle Lindemann'ın yanına gittim. Tam o esnada, keskin küret dediği bir aletle, rahimin içini deşeliyordu. Sonunda, benim de biraz kazımama izin verdi. Rahimden kanlı doku parçalarıyla birlikte bir takım gıcırtı sesleri çıkarttığımda, Lindemann paniğe kapıldı ve beni dışarıya sepetledi.

İşime gelmişti bu. Açlıktan ölüyordum ve baş ağrısı sinyalleri almaya başlamıştım. Acaba bunlar Tridon'un yan etkileri miydi? Lindemann o ilaç hakkında başka neler söylemişti? Sanki bir şeyleri atladım gibi geldi. Ama karnım açtı ve sırf bu bile beynimin durması için yeterli nedendi.

En nihayet yemek salonuna geldiğimde, fazla seçenek kalmamıştı. Bugün öğlen yemeğinde verdikleri balığın sadece kokusu kalmıştı geriye. Bir tabak salata alarak, boş bir masaya oturdum. Çok geçmeden Brunner ve laborant Rita masama geldiler. O aralar, ikisinin hâlâ nişanlı olup olmadıklarını kimse bilmiyordu. Brunner'ın sağı solu belli olmazdı, sokak köpeğinden daha beterdi. Paldır küldür, bana yaptığı son Mısır gezisinden bahsetmeye başladı. Rita kederli bir tavırla, yemeğini eşeleyip duruyordu. Brunner tüm ilgisini bana yöneltmişti, oysa, benim kim olduğumu unutmuş olduğu ve bunun da umurunda olmadığı konusunda yemin edebilirdim. Bütün bu şovu, Rita'nın gururunu kırmak için yapıyordu. Kadın konuşmaya katılmak istedi, ama feluka ile fellahı birbirine karıştırınca Brunner onu yerin dibine batırdı.

Egon ve Alfred bize katılınca, ferahlayarak derin bir nefes aldım. Brunner onları görmemezlikten geldi ve Nil nehrinde yaptığı tekne gezisini anlatmaya devam etti. Rita'ya alay dolu bir bakış fırlatarak *feluka* teknesiyle diye vurguladı. Ama yolculuk tarifini fazla sürdüremedi.

Alfred, koltuk değnekleri yüzünden hiçbir şey taşıyamadığı için, Egon ordan oraya koşturuyor ve Brunner'ın suratının dibinden tabaklar, çatal kaşık, peçete ve tuzluk uzatıyordu arkadaşına. Bu arada, her seferinde, "Tabak! "Çatal kaşık! "Peçete! Tuzluk!" diye yüksek sesle bağırıyordu. Sonunda Brunner sinirlendi ve anlatmaktan vazgeçti. Kardeşim bu tür şeyleri kasıtlı olarak yapmıyordu, yaptığının farkında bile değildi. Nihayet yerine oturduğu zaman, Alfred'in gelecek yıl, oradaki bir hastanenin başına geçmek için Mozambik'e gideceğini ilan etti. Egon'un, Alfred'in planlarından etkilendiği belliydi. Alfred afeti başlarına gelmeden bile zaten yeteri kadar dertli olan Mozambiklilere acıdım. Ama konu değiştiği için mutluydum.

"Orada iç savaş yok mu?" diye sordum Alfred'e.

"Bizim kliniğimiz, ülkenin en kuzey ucunda, savaş ülkenin geri kalan yerlerinde."

"Yani oraya seyahat etmek tehlikeli değil mi?"

"Sahile ya da alışverişe bile asker eşliğinde gitmen lazım. Korkaklar yatağında ölür."

"Sıtma durumu nasıl? Ya AIDS?" diye lafa karıştı Rita.

"Hiç sorun değil. Zaten herkeste var. Son doktorun ölüsünü bir kurşun tabut içinde memleketine naklettiler. Ama o zaten herhalde gitmeden önce AIDS hastasıydı." Alfred bu duruma bayılmış gibi görünüyordu. "Peki siz kurşun tabutunuza yerleşmeye ne zaman gideceksiniz?" diye sordu Brunner.

Alfred onu duymamazlığa geldi. "Bu organizasyonun başında olan adamın bir tanıdığı, orada yirmi yıldır papaz olarak çalışıyordu. Buna rağmen adamı günün birinde kurşuna dizdiler. Bu meslek riski yani."

"E, iyi o zaman, iyi keyifler!" dedi Brunner ve masayı terk etti. Küçük bir kafa hareketiyle Rita'ya gel işareti yaptı. Rita hızla kabını kacağını toparladı ve Brunner'ın arkasından koşturdu.

"Aşağılık herif!" dedi Alfred. Egon ve ben aynı duyguyla başımızı salladık.

BÖLÜM 10

Blumenthal Hastanesi'ndeki randevu zamanı yaklaşıyordu. Agnes'in eli ayağı tutmaz olmuştu adeta. Bayan S., Agnes'i Koller ile yapacağı iş görüşmesine hazırlamak için prova yapıyordu. Agnes, psikoterapistini başhekim rolünde gülünç buluyordu. Koller olarak anlatmaya devam etme kararı aldı. "Belki Bayan S. bir dahaki sefere daha iyi bir Koller olur," diye geçirdi kafasından.

Bayan Sarah'dan kahve istedim ve ofisime çekildim. Dobrowsky, hastane yöneticisiyle bir şeyler çeviriyordu. Bu sabah yönetici, hasta sayısında gerileme olduğu konusundan bahsetti bana. Durumu kurtarmak için, ameliyat günlerimden birini Dobrowsky'ye vermemi teklif etti. Eğer işbirliği yapmazsam, bölümümü kapatmakla tehdit etti beni düpedüz.

Okul sıralarında Dobrowsky benim tek arkadaşımdı. Annem onu severdi ve onun sürekli bizim soframızda oturduğunu fark etmiyormuş gibi davranırdı. Yedi erkek kardeşin en küçüğüydüm, diğerleri çırak olarak bir yerlere girmişler veya iş güç sahibiydiler. Annem benim doktor olmamı hayal ediyordu. Sürekli bundan bahsederek, ağabeylerimi nasıl sinirlendirdiğinin bilincinde değildi. Dobrowsky ve ben, sınıfta kimseyle arkadaş olamamıştık. Küçükken genellikle yalnız oynardık ve yaşımız ilerleyince de, akşamları okuldan sonra birlikte birkaç bira içer, ulaşamadığımız kızların hayalini kurar ve kabadayılık taslardık. Dobrowsky, kız konusunda daha başarılıydı, benimse notlarım daha iyiydi. Onu, okulu bırakma fikrinden caydırdım. Bunun bencilce nedenleri vardı, o olmazsa tek başıma kalacaktım. Tıp okuması ve jinekolog olması için de ben yönlendirdim. Buna karşılık o benim hayatımı ve kariyerimi mahvetti.

Bayan Sarah beni şimdiki zamana geri döndürdü. Kahve fincanını itinayla masaya koydu ve ben ona bakıncaya dek öksürür gibi sesler çıkardı.

"Hastane yöneticisinin sekreteri, çok samimi dostumdur. Aramızdan su sızmaz. Kulağıma geçenlerde bir şey fısıldadı." Bu dramatik açılışa bakılırsa, fısıldanan şey, yemek tarifleri takasından çok daha sıcak bir şey olmalıydı. Muhtemelen, yöneticinin sapık bir sevgilisiydi söz konusu olan. Ama bu da beni ilgilendirmiyordu. Sadete gelmesi için elimi sabırsızlıkla salladım.

"Cerrahi Kliniği'nin başhekimi, Bay Doktor Odermatt bugün yöneticinin ofisindeydi," diye söze başladı.

"Odermatt sapık değil," diye bilgilendirdim Bayan Sarah'yı. Bir an için durakladı, sonra anlatmaya devam etti. Benim Sarah'nın samimi dostu sekreter kadın kapıya kulağını yapıştırıp dinlemişti anlaşılan.

"Zimmermann, seni uyarıyorum," demiş Odermatt. "Dobrowsky'ye ilaveten bir ameliyat günü verileceği kulağıma geldi. Eğer bu bir şekilde benim programıma dokunursa, çıkış veririm." Odermatt, Blumenthal'ın gördüğü ve göreceği tek ünlü doktordu. Zimmermann dehşete düşmüş ve değişikliğin sadece jinekoloji bölümünü etkileyeceğine dair söz vermişti.

Bayan Sarah konuşmaya devam etti: "Ve sonra birkaç saniye Bay Zimmermann'ın gözlerinin içine baktı. "Anlaştık öyleyse," dedi ve odayı terk etti."

Arkadaşının anlaşılan sadece kapı dinlemekle kalmayıp, anahtar deliğinden de bakmış olduğunu Bayan Sarah'ya izah ettim. Sonra, yeni hastaları görmek istediğimi asistana haber vermesini rica ettim kendisinden.

"Sadece bir tanecik giriş var, Doktor Bey. Ama o da ancak öbür gün ameliyat olacağı için, başhemşire bu akşam eve gitmesine izin vermiş. Yarın öğleden sonra tekrar giriş yapacak." Bayan Sarah konuşmasına ara verdi. "Biliyorsunuz, yarın sizin ameliyat gününüz iptal olduğu için," diyerek gereksiz bir eklemede bulundu. Sonra, o eski, sadık Sarah tekrar belirdi: "Ama, kadının ancak siz kendisini gördükten sonra eve gitmeye müsaadeli olduğunu söyledim."

Artık onu doğru dürüst dinlemiyordum. Aklımda Brunner'in bu akşamki daveti vardı. Herkes orada olacaktı, Dobrowsky de. Karımı davete gitme fikrinden caydırmıştım. O olmadan bile davet yeteri kadar yorucu olacaktı. Benim iptal edilmiş olan ameliyat günüm akşamın sohbet konusu olacaktı. Meslektaşlarım, leş kargaları gibi bu konuya dalacaklardı.

Midem düğümlendi. Son zamanlarda, Brunner her yere şu laborant kızla gelir olmuştu. Neydi kızın adı? Anita? Renata? Bütün başhekimler, ona sen demeye zorunlu hissediyorlardı kendilerini, zira diğerlerinin eşlerine de sen diye hitap ediyorlardı. Normal olarak başhekimler laborantlarla senli benli olmadıkları halde, kimse kendini beğenmişlikle suçlanmak istemiyordu. Derken Brunner kızı sıcak patates gibi bırakıverdi. Şimdi, kimse, kıza karşı nasıl davranması gerektiğini bilmiyordu. Bir an evvel işten çıkmasını umut etmek kalıyordu geriye.

Bayan Sarah melankolik düşüncelerimi böldü. Hastam giriş konuşması yapmamı bekliyordu. Sırık boylu asistan doktor, kadını içeriye alıp tanıttı. Anlaşılan, hastalık hikayesini adam gibi yazmaya vakit bulamamıştı. Bir sürü küçük kağıt parçalarına yazdığı karmakarışık notlarla işin içinden çıkmaya çalışıyordu. Kadın, kendisine söz verildiği gibi ertesi gün ameliyat edilmeyeceği için ateş püskürüyordu. Sırık, kadına bir seferinde Bayan Meier, diğerinde Bayan Müller diye hitap edip duruyordu. Sonunda işimiz bittiğinde, bu hastayı da son defa gördüğümüzden emindim. Bu arada, Brunner'in davetine gitme zamanı gelmişti.

Beni kapıda selamladı: "Hah, geldin! Astrid'i nerede bıraktın? O gelecek diye Rita çok seviniyordu." Astrid benim karımdı ve ben onu evde bırakmıştım. Brunner'in sevgilisi laborant kızın, adı anlaşılan Rita idi, adamın arkasında durduğunu gördüm şimdi. Yani tekrar beraberlerdi. Karımla boşu boşuna tatsız bir münakaşa yapmıştım demek ki.

"Grip oldu," diye yalan söyledim. Fazla deşmesin diye, hemen sordum: "Ya siz nasılsınız?" Kıza sen diye hitap etmem gerektiği iş işten geçtikten sonra aklıma geldi.

"Sağolun, ya siz?" diye kekeledi kız Brunner'in kasıp kavurucu bakışı altında.

Daha şimdiden başım ağrımaya başlamıştı. Adam kızı yine bütün akşam boyunca yerin dibine geçirecekti. O gizli gizli mutfakta ağlarken, biz var gücümüzle yemek konusundaki ustalığını övecektik. Kaderime teslim olmuş bir halde ikisinin arkasından misafir odasına yöneldim. Dobrowsky'nin dışında, Cerrahi Kliniği'nin başhekimi Odermatt ve hastane yöneticisi Zimmermann da oradaydı. Başağrım bir derece daha arttı. Dobrowsky gülerek elime bir kadeh beyaz şarap tutuşturdu.

"Bazı insanlar beyaz şarap içince agresifleşir. Geç kalmadan söyle eğer whisky içmeyi tercih edersen," diye espri yaptı.

"Siz ikiniz de agresyon yoksunusunuz, yoksa adam gibi cerrahlar olurdunuz," dedi Odermatt. Kafasını arkaya doğru atarak havlar gibi güldü.

Bu da ne demekti yine? Beni kötü bir operatör olmakla mı suçluyordu? Ameliyat günü kaybımı mı ima etmek istiyordu? Rita, aperitiflerle geldi hızla. Odermatt bizi sigarasıyla dumana boğarken, Rita'nın yemek pişirme ustalığını övdük.

Televizyonda futbol maçı vardı. Herhalde o yüzden yapılmıştı bu davet. Televizyonun karşısında bir erkekler akşamı. Normalde, kan ter içinde, leş gibi kokan ayaklarıyla oraya buraya koşuşturan yirmi iki tane adamı izlemekte bir anlam görmüyordum. Fakat o an hayatımda ilk kez Avrupa Şampiyonası var diye mutluydum. Kimse benim iptal edilmiş olan ameliyat günümden bahsetmiyordu. Keyifli bir "pışt" sesiyle, soğuk bir bira açtım ve gevşemeye başladım.

Birinci devreden sonraki arada ev sahiplerimiz mutfakta kayboldular. Geri geldiklerinde, Brunner cerrahla mesleki bir konuşmaya girdi. Rita çekinerek topluluğa yanaştı. Gözleri kızarmıştı. Anlaşılan mutfakta bir tartışma olmuştu. İyi olmuş. Ev sahibinin özel problemleri, benim iptal edilmiş ameliyat günüm konusundan saptırmak için idealdi. Dobrowsky, Rita'nın yanına gitti ve şaka yaparak kızı güldürdü. Brunner'in rengi, koyu kırmızıya dönüşürken bizim erkek düşkünü hastane yöneticimiz Zimmermann, Dobrowsky'ye kara sevdalı bakışlar yöneltti. Ameliyat günümü geri alabilmek için belki ben de o adamla kırıştırmalıydım.

Brunner'in birdenbire söylediği laf, kafamın arkasına şamar gibi indi: "Duyduğuma göre, Dobrowsky senin ameliyat günlerinden birinin üstüne oturmuş."

"Evet... Yani... Şu aralar bizde işler bir derece daha az," dedim lafı ağzımda çiklet gibi sündürerek. "Bu yüzden, düşündük ki..." Zimmermann yönünde çaresiz bir hareket yaptım, "Hastanenin yararına olur..." O anda kendimi pelte gibi hissettiğim sesimden anlaşılıyordu.

"Doğum kontrolü denen şey nihayet Blumenthal'a kadar mı geldi?" diye sordu Odermatt güya masumca. Şu ikiyüzlü pezevenk!

"Her şey akış içinde," dedi Zimmermann bize felsefi bir havada. Dobrowsky, kadehindeki kırmızı şarabı keyifle sallayarak sordu:

"Budist mi oldun şimdi de?"

"Girmediğin delik kalmadı diye konuşuyorduk senin hakkında," dedi Brunner, Rita'ya öldürücü bakışlar fırlatarak. Rita kurtuluşu yine mutfağa kaçmakta buldu.

"Yeni bir çağ açmayı planlıyorum. Modern ameliyat tekniği çağı. Savaş cerrahisi zamanları geçti artık. Haftaya, ilk defa, karın endoskopisi vasıtasıyla rahim alma ameliyatı yapacağım."

"Hastalar daha şimdiden kuyruk olmuş durumda," dedi Zimmermann coşkuyla.

"Eğer bir organ düğme iliğinden alınabiliyorsa, almaya değmez," diye öfkeyle köpürdü Odermatt, ama pek de kendinden emin görünmüyordu.

Dobrowsky, "Geleceğe!" diyerek Zimmermann ile kadeh tokuşturdu. İkisi de, sürü başlarını tuzağa düşürmüş çakallar gibi hain hain gülüyordu.

Bayan S., Agnes'e, Dobrowsky'nin kendisine hangi antibiyotiği vermiş olduğunu sordu. Adamdan bu konuda hesap sorup sormadığını öğrenmek istiyordu. Psikiyatrist artık Agnes'in, bu tür sorulara doğrudan cevap vermediğine alışmış olmalıydı. Agnes şimdi de lafı dolandırıyordu biraz.

Birkaç gün sonra, Alfred beni şu sözlerle karşıladı: "Bugün bir giriş daha var. Dobrowsky'nin hastası. İşin bitince beni ara. Benim şimdi derhal havalimanına gitmem lazım."

Hafif şaşırmış bir halde sordum: "Ne zamandır Dobrowsky için giriş yapıyoruz ki?"

"Dobrowsky buraya geldiğinden beri. Hadi, gitmem gerek." Dobrowsky'nin hastasıyla ilgili evrakları elime tutuşturdu.

"Egon ne yapıyor? Nerelerde?" diye seslendim arkasından.

"Beni havalimanına bırakması lazım," dedi ve ne kadar aciz olduğunu belirtmek için abartılı bir şekilde topallayarak uzaklaştı. Neyse, zaten fazla iş yoktu. Ben de hiç olmazsa bir işe yaramadan boş boş oturmazdım. Belki de, Dobrowsky'ye bana vermiş olduğu antibiyotik hakkında sorma fırsatı bulurdum.

Dobrowsky'nin hastası, bahçe manzaralı bir özel odaya yerleştirilmişti. Kapıya vurup odaya girdim. "İyi günler Bayan Blum," diyerek selamladım kadını.

"Çok yıllar önce Bayan von Tobel adını almış olmam gerekiyordu," diye yanıtladı kadın buruk bir havayla. Pahalı bir robdöşambrla sarmalanmış olarak yatağında oturuyordu. İpek bir örtüyü de kafasına türban gibi sarmıştı. Bir sehpanın üstünde bir şapka kutusu, diğer bir sehpanın üstünde de bir makyaj çantası vardı. Hatuna bu giyim tarzının çoktandır rüküş olarak tanımlandığını kimse söylememişti anlaşılan. Çok uzun ve çok derin bir nefes çektikten sonra sordum:

"Size Bayan von Tobel diye mi hitap edeyim?"

"Bay Doktor Dobrowsky nerede? O benim trajik hayat hikayemi biliyor," diyerek somurttu. Dobrowsky besbelli ortalıkta olmadığından, bana düğünden bir gün önce, von Tobel isimli bir bey tarafından terkedilmiş olduğunu anlattı. Üstünden çok yıllar geçtiği halde, daha dün olmuş gibi acıyormuş içi.

Kendimi sükunete zorlayarak rutin sorgulamaya devam ettim. Bir adım bile ilerleyemiyordum. Kadın çok sağlıklı görünüyordu. Bana ifşa etmek istediği tek şey, antibiyotik kullanamıyor oluşuydu. Çantasından, bana çok bildik gelen küçük bir kutu çıkardı. Bu, Tridon'du.

"Doktor Dobrowsky bunu bana geçenlerde mesane enfeksiyonuna karşı verdi. Sadece bu antibiyotiği kullanabilirim. Başka birini alamıyorum," dedi.

Kadının niçin hastaneye yatırılmış olduğunu bir türlü anlayamadım. Herhalde, kimsenin bilmesini istemediği, nahoş bir nedenden dolayıydı. Doğrusunu söylemek gerekirse, beni hiç de ilgilendirmiyordu.

Kapı açıldı ve Dobrowsky arkasında suratı beş karış asık bir Alfred ile içeriye girdi. Bayan Blum, namı diğer Bayan von Tobel, doktoru, kollarını açarak ve memeleri gibi sahte, tiz bir kahkahayla karşıladı.

Alfred ve ben sap gibi dikilip dururken, bu ikisi ortak tanıdıkları hakkında özel bir konuşmaya girdiler. Alfred'in suratında şu ifade vardı: "Engelli bir insan yavaş yavaş ve ıstırap çeke çeke ölüyor gözünüzün önünde." Kimse o tarafa bakmazken, oturdu ve alçılı bacağını tek boş sandalyeye yerleştirdi. Bayan Blum, makyajını bozmamaya dikkat ederek, gülmekten yaşaran gözlerini hafifçe sildi. Herşeyi atlattıktan sonra Dobrowsky'ye bir kasa şampanya sözü verdi. Manikürlü işaret parmağıyla atlatacağı herşeyi ima eden birkaç daire çizdi havada.

"Ha sahi... Biliyorsunuz, bazı ilaçlara karşı alerjim var. Öğrenci bayan alerjik olup olmadığımı sormadı. Bence önemli olabilir bu durum."

Seni kaltak seni!

"Dertlenmeyin. Ben sizin içinizi dışınızı biliyorum!" diyerek göz kırptı Dobrowsky kadına. Kadının yanakları kızardı. Histerik bir kahkaha attı.

Dışarıya çıktığımız zaman, "Ama, ben kendisine sormuştum," diyerek kendimi savundum.

"Hastanın güvenini herkes kazanamaz," diye aşağılayıcı bir tavırla sözüm ona teselli etti beni. Dobrowsky, Alfred'e, özel hastası Bayan Blum ile ilgilenmesini emretti. "Öğrenci bayan," diyerek kafasıyla beni gösterdi, "sigortalı hastalarla ilgilenebilir." Dobrowsky enerjik adımlarla hızla uzaklaştı. Alfred onun arkasından müstehcen bir el işareti yaptı. Alfred'in koltuk değneğinden kaçınarak Dobrowsky'nin arkasından koştum.

Çekingen bir tavırla, "Sana bir şey sormak istiyordum," diye lafa girdim. Kaşları yukarıya kalktı.

"Şey, şu antibiyotik Tridon hakkında... Yan etkileri olduğunu, bu yüzden kullanımına izin çıkmadığını duydum."

Bu pasaklı da ne anlatıyor gene dercesine, son derece umursamaz bir tavırla baktı bana.

"Neden verdin bana o hapı?" diyerek ısrar ettim.

"Size neden ilaç vermiş olayım ki?" diye sordu o da bana.

Keriz! Seninle yattıktan sonra mesane enfeksiyonu olmuştum, tabii ki o yüzden! O, sabırsızlıkla saatine bakıp dururken, çaresiz ağzımı kapadım gene. Ne diyeceğimi bilemiyordum.

"Bir şeyleri birbirine karıştırıyorsunuz besbelli," dedi ve beni koridorun ortasında bırakıp gitti.

Daha o öğleden sonrası cesaretimi toplayarak Lindemann'a, geçenlerde Tridon'un yan etkileri derken neyi kastettiğini sordum. Bu arada Tridon, daha test fazındayken piyasadan geri çekilmişti.

"Baş ağrısı, uyku bozukluğu, yutkunma zorluğu, çift görme," diyerek patır patır saydı listeyi Lindemann. Neyse, o kadar kötü değilmiş. Zira ben, beyin tümörü falan yapar diye korkuyordum. Ancak, kötü haber, doğum kontrol hapının etkisini azaltıyor oluşuydu. Özellikle de insan gündüz gece vardiyaları arasında, hapların birinden birini almayı unuttuğu zaman.

Kahretsin!

Hamilelik testi yapmanın en erken iki, üç hafta sonra anlamı olacaktı. Bu sorunu şimdilik göz ardı etmeye karar verdim. Konuyu düşünüp durmamak için asistanların ofisine gittim. Kafamı kapıdan içeriye uzattım. "Benimle kahve içmeye gelecek var mı?" diye sordum.

Egon, "İşim var," anlamına homurdandı ve Alfred'e bir pens uzattı. Alfred bir kutudan yeşil bir yaprak buldu çıkardı. Egon ikinci bir kutunun kapağını kaldırdı. Alfred yaprağı müthiş bir itinayla kutunun içine yerleştirdi.

"Bunlar Botswana'dan geliyor, bu tür sadece orada bulunuyor. Bunu biraz önce havalimanından getirdik," diye açıkladı Egon. Günlerdir ikisi de sürekli o iğrenç tırtıllardan bahsediyorlardı. Futbol izlemedikleri zamanlar tabii ki. Sinir bozucu bir durumdu. Alfred'in bir sürü tırtılı ölmüştü bu arada. Nadir bulunan cinslerini, yurtdışında yaşayan tanıdıklarının tanıdıkları vasıtasıyla getirtiyordu. Ama insanlar, nakil kutularına hava delikleri delmeyi unutuyorlar, bagaj bölümünde bıraktıkları için hayvanlar donuyor ya da yanlış yem yüzünden ölüyorlardı. Bazen de, meraklı bir kız arkadaş, kutuyu açıyor ve kutunun içindekini cıyaklayarak yere düşürüyordu. Üstelik tırtıllarlar, gümrük memuruna göstermeden kaçak getiriliyorlardı. İşte bu yüzden ikisi bu sabah havalimanına gitmişlerdi. Kutucuğu kendi elleriyle teslim almak için.

"Ha sahi, Dobrowsky'nin şu Bayan Blum'u neden hastaneye yatırmış olduğunu öğrendim," dedi Alfred. Hastaneye giriş belgesinde, düşük yazıyor, ama aslında çocuk aldırıyor, bildiğin kürtaj düpedüz."

Şok olmuş bir halde "Nereden biliyorsun?" diye sordum.

"Biraz önce narkozdan uyandığında, kendisiyle ilgilenmekle görevlendirildim. Dili çözülmüştü, oldukça çok şey anlattı," dedi Alfred. "Doğum kontrol hapını aldığı halde hamile kalmış. Yani Dobrowsky onu bu müşkül durumdan kurtarmış sanki. Ama yine de kanuna aykırı bir iş."

Kadın da Tridon kullanmıştı. Ağzımın kupkuru olduğunu hissettim.

"Sen kafeteryaya gidedur. Benim ufaklık mamasını bitirince ben de geleceğim," diye Egon söze karıştı. Bir an için kafasını kaldırdığında, hasta görünümünden ürktüm. Bana, git başımdan der gibi bir hareket yaptı.

Elfie bir masada yalnız oturuyordu. Personel partisinden bu yana birbirimizi görmekten kaçınıyorduk. Ben yine tam savuşmaya çalışırken gözgöze geldik. Kaçmak için çok geçti artık. Çaresiz, karşısına oturdum. Kahvesini öyle şiddetle karıştırıyordu ki, birazdan fincanının dibini delecek gibiydi. Ben de tüm gücümle kendi kahvemi karıştırmaya başladım. Durum tatsızlaşmaya yüz tutmuşken, Kemal içeriye girdi. Önünde, sarışın gencin tekerlekli sandalyesini itiyordu. Elfie, postacıyı içtenlikle sarılarak karşıladı. Kemal bana da eski bir dostuymuşum gibi sarıldı. Tekerlekli sandalyedeki çocuk kolumdan çekerek:

"Ben Martin'im, hatırladınız mı? Ayağa kalkabilseydim, bu kucaklaşmalara ben de katılırdım," dedi. Elfie gülerek genç hastanın sarı lülelerinin arasında gezdirdi elini. İkimiz de öptük onu yanaklarından. Elfie, Martin'in fizyoterapistiydi. Çocukla ne kadar iyi bir ilişki kurmuş olduğu dikkatimi çekti. Kemal, çantasından çıkardığı bir kartpostalı Elfie'ye uzattı.

"Sana posta var," dedi. Kartta, Grand Canyon'un harika renklere bürünmüş bir fotoğrafı vardı. Kartpostala kısaca göz attıktan sonra Elfie'nin yüzü karardı birden. Benim içimde de tatsız hisler oluşmuştu.

"Orada bir arkadaşın mı var?" diye sordu Kemal.

"Eski erkek arkadaşım."

"Gerçekten mi? Benim de!" diye kaçtı ağzımdan.

"O da mı birdenbire eski sevdasını hatırladı ve kızı koluna takıp, senin iki yıl boyunca gece gündüz çalışarak hazırladığın bir bilimsel yazıyla birlikte ortalıktan toz oldu?" Elfie'nin sesi çok buruktu.

"Hayır, henüz karısından boşanmamış, benden yirmi yaş daha büyük ve benim profesörüm olduğu aklına geldi birdenbire," dedim. İçim hâlâ müthiş acıyordu.

"Bakın, eğer ilgilenen varsa, ben bekarım," dedi Martin bana göz kırparak. Elfie elinde olmayarak güldü.

"Ya sen Kemal, kız arkadaşın var mı?" diye sordu.

"Aklından bile geçirme, Kemal evli," dedi Martin. Kemal telaşla çantasını toparladı ve yanımızdan ayrıldı. Bağıra çağıra gitmeye direnen Martin'i de alıp götürdü.

O anda, Brunner enerjik adımlarla kafeteryaya girdi ve bizim masaya yöneldi.

Elfie kulağıma fısıldadı: "Belki Brunner'e, bizimle ilkel çığlık terapisi yapar mı diye sorabiliriz." Öyle güldük ki, gözlerimizden yaş geldi. Bir başhekimin bizi nasıl da ormana sürükleyip orada ilkel çığlık şovu yaptığı her aklımıza geldiğinde kahkahayı basıyorduk.

Brunner, alınmış bir tavırla, bize en uzak masaya oturdu.

Aniden, Egon elinde tepesine kadar yiyecek doldurulmuş bir tepsi, gözleri kan çanağı gibi ve omuzları düşmüş bir halde masamıza çöktü. Traş olmamıştı ve yüzünde, biraz önce kazara kendi köpeğini ezmiş bir adam ifadesi vardı.

BÖLÜM 11

Agnes, Egon'un sesiyle anlatmaya devam ederken, Bayan S. gözünü bile kırpmadı. Aksine, şu anda karşısında kim olduğunun açıklanması bile gerekmeden anladığı için sevindiği belliydi.

Gün iyi başlamadı. Ve her geçen saniye daha da kötüleşti.

Gözümün birini açtım. Miyop gözlerimi kırpıştırdım net görebilmek için. Nerede olduğumu hatırlamaya çalıştım. Duvarların kirli sarı rengi, Theo'nun arkadaşlarıyla kaldığı evdeki garajdan ziyade, hastanenin personel evindeki odamın duvarlarına daha uygundu. Çalar saatin sinirli sinirli ötmesi de personel evine daha uyuyor denebilirdi. Gözlüğümü aradım el yordamıyla. Sonunda, onu, yastıkta dümdüz olmuş bir halde buldum. Birden midem bulandı. Banyoya koştum, kulaklarım sızlayıncaya dek başımı soğuk suyun altında tuttum. Sonra tekrar yatağa gittim emekleyerek. Yatağın içine girmeye gücüm yetmedi, yerde oturup kaldım ve

139

nihayet çalar saati susturabildim. Sabah raporuna sadece üç dakika kalmıştı. Hastayım diyerek gitmemeye karar verdim. Uzun uzun düşündüğüm halde, başasistanımın adı bir türlü aklıma gelmiyordu. Sonunda, amirimle konuşabilecek kadar kafamın yerinde olmadığı kanısına vardım. Adamın adını unutmuş olsam da, son öfke patlamasını çok iyi hatırlıyordum.

Düşünmeye başladım. Alfred bu saatte çağrı cihazına bakmazdı bile. Ya Agnes... Ortadan yok oluverdim diye muhtemelen bana hâlâ kızgındı. Cesaretimi toplayıp telefonun ahizesini elime aldım ve sekreterliğin numarasını çevirdim.

"Doktor Koller'in sekreterliği, ben Bayan Sarah," diyerek telefonu aldı Bayan Sarah.

"Bayan Sarah, ben Egon d'Estrées." Bayan Sarah'dan tık çıkmadı.

"Ben, şey, günaydın," diye bir deneme daha yaptım. Hâlâ yanıt yok.

"Söylemek istediğim... Ben hastayım," dedim. Bayan Sarah'da acıma belirtisi yok.

"Bayan Sarah, orada mısınız?"

"Evet, sizi duyuyorum," dedi buz gibi bir sesle. Tanrım, bu kaknem kadının nesi vardı gene bugün? Duraklayarak devam ettim:

"Galiba grip oldum."

"Öyle mi?" Bu şimdi düpedüz aşağılayıcıydı.

"Lütfen, Bay Doktor şeye... Hımm... Yani, şeye, başasistana söyler misiniz, bugün şey yapamayacağımı..." diyerek kekeledim. Cümleyi bitirirken hıçkırık tuttu.

"Pardon, nasıl?" diye sordu Bayan Sarah insafsızca.

Nefes aldım. "Bugün işe gelemeyeceğim," dedim bir solukta ve hemen tekrar nefesimi tuttum.

"Söyleyeceğim," dedi ve telefonu kapattı. Şef sekreterini, adını unuttuğum başasistandan daha iyi alt edeceğimi nereden çıkarmıştım ki?

Bayan Sarah'nın, personel evinde benimle aynı katta bir stüdyoda kaldığını ürpererek hatırladım. Dün akşam acaba fazla gürültü mü yapmıştım? Bu yüzden bir kere şikayet etmişti. Akşamı tekrar canlandırmaya çalıştım. Dün müzik gurubumla buluşmuştum ama buraya nasıl geldiğimi hatırlamıyordum. Tekrar yatağımın içine sokuldum ve sefilliğime bırakıverdim kendimi. Kendini bırakıvermek ve sefillik, ondan sonraki yarım saat içinde yaşadıklarımı oldukça iyi ifade ediyordu. Banyoda, içim dışıma çıkarken, birkaç hap buldum. Gene bir şanssızlık olmazsa, gerçekten ağrı kesiciydi bunlar bu sefer. Yuttum hapları.

Kafam çatlıyordu. Dün akşam Theo'nun kaldığı evin banyosunda baş ağrısı hapları ararken üstüne elle Aspirin yazılmış bir kutu bulmuştum.

Hiç böyle küçük Aspirin hapı olur mu, diye şaşmıştım gerçi, fakat yutmuştum hapları. Sonra da arkadaşlarımın yanına geri gidip, saksafonumla, bütün zamanların en güzel müziğini çalmıştım. Baş ağrım üflenip gidivermişti sanki. Melodim, Theo'nun garajını, içinde rengarenk kuşlar, zarif yusufçuklar ve cıyaklayan maymunlar olan renk cümbüşü bir vahşi ormana çevirmişti. Ama cıyaklayan maymunun sesi Theo'nun sesine benziyordu çok. Maymun da Theo'ya benziyordu aslında. Derken rengarenk papağan küfretmeye başladı. Şöyle bir şey diyordu:

"Kahrolası alçak, benim haplarımı mı yuttun?"

Papağan gibi tekrarlıyordu cümleyi. Zaten bir papağandı. Ama şimdi gittikçe daha çok bizim baterist Reto'ya benziyordu. Papağan Reto beni tişörtümden yakalamış ve bir teriyerin fareyi salladığı gibi beni sarsmaya başlamıştı. Kumaş cart diye yırtılmıştı. Ancak kendisine kaybını telafi etmek için hastaneden morfin getireceğime dair söz verdiğim zaman Reto beni rahat bırakmıştı.

Hastanede uyuşturucu dolabının yanına bile yaklaşmama izin olmadığını bilmesine gerek yoktu.

"Kusura kalma, arkadaş!" demişti Reto tişörtümü eliyle ütülerken. Dişlerim hâlâ takırdıyordu ama vahşi orman senfoni orkestrası gibi çalmaya devam etmiştik. Garaj yine renk ve ses patlaması yaşamıştı. Ondan sonra... Karanlık. Şu iğrenç baş ağrısı ve başasistanın adını hatırlamaz bir halde bu çirkin odada gözlerimi açıncaya kadar neler olduğunu bilmiyorum.

Biraz önce yuttuğum haplar anlaşılan gerçekten ağrı kesiciydi. Kafamın zonklaması yavaş yavaş sona erdi ve açlıktan ölüyor olduğumu fark ettim. Yem aramaya koyuldum. Yiyecek otomatında bulmuş olduğum sandviçi tıkınmama pek zaman bırakmadı Alfred. Havalimanından gidip alacağımız tırtıllar yüzünden çok heyecanlıydı. Neyse ki kız kardeşim Agnes bugünkü işleri halletmişti bile.

Açlıktan hâlâ mahvoluyordum. Ayrıca gittikçe daha çok depresifleşiyordum. Reto, hapların yan etkilerinin bir ya da birkaçını ertesi gün hissedebileceğimi söyleyerek beni uyarmıştı. Kafeteryada, pasta çeşitlerinden hangisini seçeceğimi bilemedim. Sonunda her birinden bir parça aldım. Sonra da sosisleri keşfettim. Burada da hardal, ketçap ve mayonezliden hangisine karar vereyim diye zorlandım. Karışık sevmiyordum, bu kadarı kesindi. O zaman üç sosis.

Gözlerim yemeğimden başka bir şey görmüyordu. Ancak postacı tekerlekli sandalyeli biriyle hızla yanımdan geçince Agnes ve Elfie'yi fark ettim. Bir masada oturmuşlar, bir şey ya da birisi hakkında deli gibi gülüyorlardı. Bana gülüyorlarmış gibi can sıkıcı bir hisse kapıldım. Çekinerek yanlarına oturdum. Sessizleştiler.

"Dün müzik grubunla çalmaya mı gittin?" diye sordu Agnes. Bu laf ya görünüşümü affettirmek içindi ya da kızkardeşim beni Elfie için ilginç kılmaya çalışıyordu.

"Müzik gurubunda mısın?" diye sordu Elfie.

"Gerçek bir grup sayılmaz. Yani, sadece bir garajda biraz çalma egzersizleri yapıyoruz."

"Hangi enstrümanı çalıyorsun?"

"Sa-saksafon..." diye kekeledim. Yanaklarım kızardı. "Ama iyi çalamıyorum."

Agnes gözlerini devirdi. Elimde değildi. Hep böyle oluyordu. Bir kızdan hoşlandığımda, kekelemeye başlıyor, kızarıyor ve o an elimde ne varsa yere düşürüyordum. Ayrıca şimdi, Reto'nun haplarının bende yarattığı depresyondan ötürü her şey daha da beterdi. Diğer yan etkilerden biri olan, kontrolden çıkmış oburluk atağı da işleri kolaylaştırmıyordu. Hasretle sosislere kaydı gözüm.

"Harika bir saksafonisttir," dedi Agnes. "Birkaç haftaya bir düğünde çalacaklar." Mertçe yalan söylemeye devam etti: "Bazen provalara gidiyorum. Ambiyans süper."

"Gerçekten? Ben de bir defa sizinle gelebilir miyim?" diye sordu Elfie.

Korkuyla Theo'nun garajını düşündüm. Boş bira şişeleri. Yedek lastikler. Pis kokan çöp torbaları. Reto, Theo'nun evindeki eski odama taşındığından beri Agnes oraya gitmemişti. O zamandan bu yana bütün çöp garaja atılıyordu. İki yıl önce, Agnes en son ziyarete geldiğinde, erkek arkadaşı yeni terk etmişti kendisini. Bütün akşam ağlamış ve haşhaşlı kurabiyelerimizin tümünü yok etmişti. Theo, nezaketle son kalan kurabiyeyi rica edince Agnes'in kafası atmıştı. Bizim zavallı Theo'yu, "Yontulmamış maço müsveddesi," diyerek bir güzel kalaylamıştı. Yumuşak, uysal huylu, eşcinsel eğilimli Theo, o zamandan bu yana kardeşime hep kendi yaptığı haşhaşlı kurabiyelerden yolluyordu.

Agnes gözlerimdeki paniği gördü ve doğru yorumladı. Sonra aklına başka bir fikir geldi.

"Ya da hep birlikte o düğüne gidebiliriz. Egon nasıl olsa sürekli çalacak değildir, ara verince birlikte oturur çene çalar, eğleniriz."

Evlenecek olan çift daha aylar önce kavga edip ayrılmış, düğünü de iptal etmişti. Müzik grubum, son haftaları tesellisi mümkün olmayan damatla bira içerek geçirmişti daha ziyade. Omuzlarımı düşürüp mırıldandım:

"Olmasa daha iyi."

Elfie irkildi. Tek isteğim o sosisleri ve pastaları yemek ve yerin dibine girmekti. Birdenbire Elfie'nin aklına yapacak çok işi olduğu geldi ve hızla Agnes'le vedalaştı. Bana bakmadı bile.

Elfie artık bizi duymayacak kadar uzaklaştıktan sonra, Agnes sordu: "Aklını mı kaçırdın?" Nihayet ilk sosisi ısırabildim ve üç lokmada yiyip bitirdim, bu esnada Agnes beni tiksintiyle izliyordu. Sonra ayağa kalktı ve beni yalnız bıraktı.

Bayan S. güldü.

"Egon ve Elfie'nin bu arada evlenmiş olduğunu ve ilk çocuklarını beklediklerini bilmeseydim, ağabeyiniz hakkında gerçekten dertlenirdim" dedi.

Agnes sonra Elfie olarak anlatmaya devam etti:

Kafeteryadan kaçtım. İlk gözyaşları akmaya başlamadan, en yakın tuvalete kilitleyebildim kendimi. Bir sonraki hastaya kadar kendimi kısmen sakinleştirmeyi başardım. Ama ondan sonra olacak olana hazırlıklı değildim, bu yüzden buz gibi oldum. Fizyoterapi odasına girdiğimde, orada Hermann Dobrowsky oturuyordu.

"Omuzlarımda gerginlik hissediyorum, kendimi deneyimli ellere teslim etmeyi düşündüm," dedi beni tepeden tırnağa süzerken. Kızardım. Yüzüm karıncalanıyor ve yanıyordu. Ve sadece yüzüm değil. Bunu nasıl becerdiğini bilmiyordum. Eğer erkek olsaydım, şimdi pantalonumun ağı kabarmış olurdu. Gömleğini çıkardı ve masaj yatağına uzandı. Çok tüylü ve kaslıydı. Elime biraz masaj yağı sürdüm ve omuzlarına masaj yapmaya başladım. Dokunur dokunmaz usulca inledi. Yataklar perdelerle birbirinden ayrılmıştı. Yan taraftakilerin konuşmaları duyuluyordu. Ellerimi aşağıya doğru kaydırdım. Yavaşça sırt üstü döndü ve ellerini tişörtümün altına soktu.

"Elfie, senden biraz masaj yağı alabilir miyim. Ah, pardon, Dobrowsky ile oynaşıyorsun! Neyse, devam edin." Kimse böyle demedi, ama perde açılıyor gibi geldi bana ve bir anda keyfim kaçtı. Hızla toparlandım. Dobrowsky hüsran yüklü bir ses çıkardı, sonra sırıttı ve:

"Bir dahaki sefere devam ederiz. Bu bile bana çok iyi geldi," dedi.

Elfie, kendisinin de Dobrowsky ile erotik bir şeyler yaşadığını anlatırken, neden hiç Gerald'dan başka bir adama bakmak fikrine kapılmadım diye düşündüm. Bugün bile bazı günler, Gerald'ın boşanma davasını geri çekip pişmanlıkla bana geri döneceğini hayalliyorum.

Gerald'ın peşine takmış olduğum özel dedektif, bugün telefon edip, bir şey keşfettiğini söylemişti. Ama bunun ne olduğunu telefonda söylemek istememişti. Bu arada artık bilmek isteyip istemediğimi bilmiyorum. Şimdiye kadar çok az bilgi toplamış durumda. Gerald'ın sıkça Monte Carlo'ya gittiğinden başka yeni bir şey öğrenmiş değilim. Kendisini iş görüşmesine daha iyi hazırlayabilmem için, Agnes'ten bahsetmeye devam etmesini istedim. Tekrar Agnes'i konuşturdu:

Koller, sürpriz bir şekilde, bir haftalığına tatile gitmişti. Lindemann ve Bayan Sarah'nın dışında kimse nerede olduğunu bilmiyordu. Bu ikisi de ser verip sır vermiyorlardı. Karısı Astrid'in de ortada olmadığını bilmeseydim, gizli bir seks macerasından şüphelenirdim. Oysa Koller ve seks kelimelerini aynı cümlede kullanmak bile tuhaf geliyordu.

Alfred, bacağının ağrıdığını ileri sürerek her tür işten kaytarıyordu. Egon kara listede olduğundan Lindemann onu görmemezliğe geliyor ve bu yüzden yardıma ihtiyacı olduğunda benimle yetinmek zorunda kalıyordu. Stresli ve gergin görünüyordu.

Zavallı adamın her gece kabuslarla boğuştuğunu tahmin ediyordum.

Normal ameliyat programı Koller'in gıyabında iptal edilmişti. Sabah raporu öldüresiye sıkıcıydı. Ağzımı açmadan esnemeye çalışıyordum. Egon, gevşemek amacıyla, çene mafsallarını çatırdatarak boğazını açıp, kafasını sallayıp duruyordu. Alfred alçak sesle horluyordu. Biz böyle, sandalyelere çökmüş, hayvanat bahçesinde bir yığın hüzünlü aslan gibi esnerken, bir acil vaka bildirildi. Derhal ameliyat gerektiren dış gebelik! Ambulans biraz önce gelmişti. Lindemann ayağa fırladı, bizlere baktı. Tembel mi tembel bir herif, uyurgezer bir dangalak ve lanet olası acemi bir çaylak arasından seçim yapması gerektiğini fark edince, omuzları çöküverdi. Acemi çaylağı seçti ve ameliyathaneye koştuk.

Birkaç dakika sonra, yeşil önlükleri giymiş ve steril eldivenleri takmış olarak ameliyat masasının başındaydık. Lindemann, elleri titreyerek, karaciğer nakli yapacakmışçasına, neşterle dev bir kesik açtı. Kesikten kan fışkırdı. Kanı emdirmeye yetişemiyordum. Lindemann panik halinde karnı kurcalayıp duruyordu. Hastanın kalp atışları gittikçe hızlanıyordu. Anestezist küfrediyordu. Kalp sesleri tekrar yavaşladı. Aşırı yavaşladı. Lindemann iki eliyle karın boşluğuna daldı. Kanama birdenbire durdu. Lindemann nihayet kanayan damarı sıkıştırabilmişti. Nefesimi tutmuş olduğumu fark ettim ve ciğerlerime hava çektim.

Aradan yarım saat geçip, ameliyat yarasını diktiğinde, Lindemann çok gevşemiş görünüyordu. Hatta, ameliyat hemşireleriyle şakalaştı. Bu normal olarak hiç yapmadığı şeydi. Her şeyin kontrolünde olduğunu göstermek derdindeydi. Ben bundan pek emin değildim ama başarısından o denli göğsü kabarmıştı ki, havasını bozmak istemedim.

Ameliyat sonrası, hasta yoğun bakıma götürülürken hemşireye yardımcı oldum. Bu esnada, Kemal'in bir hasta kadının yatağının başında durduğunu gördüm. Yanına gittim. Geçenlerde hastaneye yatırdığım, geçen yüzyıldan kalma yaşlı hanımdı yatakta yatan. Beyaz çarşafların arasında, gözleri kapalı minicik kafası görünüyordu. Soluk benzi ve dişsiz haliyle, cesede benziyordu.

Alçak sesle: "Burada ne yapıyorsun Kemal?" diye sordum. Kemal korkudan yerinden öyle zıpladı ki, sandalyesi devrildi.

Yüzünde, sanki kadını biraz evvel kendi elleriyle mortlatmışçasına suçlu bir ifadeyle: "Ziyaret ediyorum," dedi. Elimde olmadan, monitörde daha hayat işareti olup olmadığına baktım.

"Tanıyor musun kendisini?" diye hayretle sordum.

"Ben mi?" Kemal iki eliyle birden kendisini gösterdi ve sanki onu kast etmem imkansızmış gibi, teatral bir tavırla etrafına bakındı.

"Gel, kahve içmeye gidelim," diyerek beni dışarıya çekti. Yolda Elfie'ye uğradık. Martin'e fizyoterapi uygulamaktaydı. İçeriye girdiğimizde, çocuğun gözleri ağlamaktan kızarmıştı. Ama derhal toparlandı ve her zamanki gibi küstah küstah sırıttı. İkinci ameliyat da umduğu gibi sonuçlanmamıştı. Başka bir ameliyat ve uzun bir rehabilitasyon bekliyordu kendisini daha. Kemal dostane bir tavırla onun kolunu yumrukladı ve:

"Bugün yine bir pişmiş tavuksun," dedi.

"Hem de nasıl! Hatta daha da beter," diye homurdandı Martin. Kemal, gülerek Martin'in tekerlekli sandalyesini kafeteryaya doğru itti. Alfred ve Egon oturmuş kahve içiyorlardı geldiğimizde. Egon, Elfie'yi görür görmez kahve fincanını devirdi. Korkuyla yerinden fırladı, tepsinin kenarına dayandı elleriyle ve bir şekilde, beyaz iş pantolonunun üstüne döküldü her şey. Bu olay en azından Martin'i neşelendirmeye yaradı. Gözlerinden yaşlar akıncaya kadar güldü.

"Bademcik ameliyatı olurken, çocuk kliniğine de bir palyaço gelmişti," dedi Martin, gülmekten biraz kendine gelince. Biz yetişkinler ciddi kalmaya çalışıyorduk. Egon kıvranıyordu sıkıntıdan. Elfie sanki dünden beri tamamen değişmişti. Pervasız bir hali vardı. Şaka yapıyor, bir Alfred'le, bir Kemal'le, bir Martin'le flört edip duruyordu. Sadece Egon'u görmezden geliyordu. Lindemann da, elinde kahveyle bize katıldı. Bir an için sessizlik oluştu. Normalde, otoritesini kanıtlamak adına, mesafe koymaya çok çaba sarf ederdi. Anlaşılan bugün, mucizeler günüydü. Resmen, senli benli konuşmayı teklif etti ve hafif donuk bir suratla, kendini Alois olarak tanıttı. Kemal hemen heyecanla elini sıkınca, alnını kırıştırdı nitekim. Anlaşılan Lindemann'ın sosyalliği sınırlıydı.

Martin küstahça, "Merhaba Al!" dedi.

"Sen kimsin?" diye sordu Lindemann. Daha şimdiden, masadakilere sen demeyi teklif ettiği için bin pişman görünüyordu.

"Ben Martin. Birkaç yıl içinde burada çalışmak için başvuracağım. Belki sen o zamana kadar başhekim olursun. Müstakbel şefimi şimdiden tanımış olmam iyi bir şey." Lindemann hazır cevap değildi. Martin'in pırıl pırıl genç yüzü o kadar masum görünüşlüydü ki, başasistanımızın aklına uygun bir karşılık gelmedi. Tedirgin bir halde masaya oturdu.

Elfie, "Martin, saygısızlık etme!" diye gülerek Lindemann'a çevirdi yüzünü:

"Hey, senin bu sabahki kahramanlığından bahsediyor bütün hastane. Daha günün ilk kahvesinden önce bir hayat kurtarmış olman müthiş bir şey!"

Bugün Elfie'nin bir şeyi vardı, kesin. Ameliyat öyküsünü biraz önce benden duymuştu. Tabii ki kadının ölmemiş olması harika bir şeydi ama bu yine de çok sansasyonel bir olay değildi. Eğer Lindemann daha yetenekli olmuş olsaydı, herhalde kadın üç litre kan kaybetmez ve şimdi yapay komada olmazdı. O anda Elfie'nin bana göz kırptığını fark ettim. Lindemann'ın kendisini tekrar iyi hissetmesini sağlamıştı. Oysa Egon biraz daha aciz duruma düşmüştü. Lindemann coşkuyla yaptığı kahramanlığı anlatıyor ve özellikle bana bakıyordu anlatırken. Halbuki ben olayı canlı yaşamıştım. Benimle flört etmeye çalıştığını çaktım bir müddet sonra. Çok şeker bir durum aslında!

***

Agnes anlatmaya devam etti:

Egon ve ben, küçüklüğümüzden beri birbirimizi gözetleriz. Anne-babamız birbirleriyle kavga etmekle öyle meşgullerdi ki, bizi kendi halimize bırakmış gibiydiler. Babamız mucitti. Genç yaşta, bir alarm sistemi geliştirmiş ve bundan çok para kazanmıştı. Ondan sonra bir daha çalışmamıştı. Çalışmak yerine, barlarda saksafon çalmayı yeğlemişti. Annemiz onun eski iş ortağıydı. Biz kendimizi bildik bileli, patent hakları konusunda çekişir dururlardı. Bizi nasıl yaptılar acaba diye düşünürdük. Egon en azından babamız gibi uzun boyluydu ve onun müzikal yeteneğini almıştı, bense aileden kimseye benzemiyordum. Egon'a göre mutasyona uğramıştım. Ama ben de biyoloji dersinde açmıştım kulaklarımı. Daha ziyade annemin düpedüz ortalıkta dolaşan suç itirafı gibi görünüyordum. Babamın diş fırçasıyla babalık testi yapılabilir mi acaba diye düşünüyordum. Eğer Egon o anda hiç çekilmez halde olmasaydı, bu konuda fikrini sorardım.

Erkek kardeşimin morali bozuktu. Elfie onu umursamıyordu. Sanki Dobrowsky ile fingirdeşiyordu. Normal olarak, onu neşelendirmeye çalışırdım, fakat Egon moral bozukluğundan dolayı zehrini bana kusuyordu. Birileriyle yatarak kariyer yapan kadınları ima ederek tepemi attırıyordu.

"Böyle konuşarak nereye varmak istiyorsun?" diye tısladım.

"Önce Dobrowsky, sonra da Lindemann," dedi aşağılayıcı bir tavırla.

"Hımm," diye yanıt verdim süt dökmüş kedi gibi. Oysa Lindemann konusunda bana haksızlık ediyordu.

Lindemann beni dün işten sonra evine yemeğe davet etmişti. Berbat bir aşçıydı. Bana asıldığını, ama doğrudan soramadığını biliyordum. Egon, Lindemann'ın evinden geç saatte gizlice çıktığımı fark etmişti. Lindemann, bir konserve kutusu domates salçasını ve makarnayı kırk saatte yenebilecek hale ancak getirdiği için o kadar geç olmuştu. Bu lanet olası personel evinde, özel hayat diye bir sözcük yoktu. Şu evde kalmış kız kuruları, kapı ardında gizli gizli seni gözlemiyorsa, akrabalar pusudaydı. Neyse ki, Dobrowsky'nin, personel evinin dışında doğru dürüst bir evi vardı. Onunla yapmış olduğum kaçamağı Egon'un duymamış olması gerekiyordu.

"Dobrowsky olayını nereden biliyorsun?" diye sordum. Egon gözlerini devirdi, goril gibi ellerini göğsüne vurdu ve bağırdı: "Agnes, Agnes!"

İyi o zaman!

Bir iki hata yapmış olduğumu kabul ettim. Lindemann gerçekten benim tipim değildi. Sırf kendimi yalnız hissettiğim için!

Lindemann, birlikte mümkün olduğunca çok vakit geçirebilmemiz için elinden geleni yapıyordu. Tatlı sözler duymak bana iyi geliyordu. Ameliyatlarında ona asistanlık ediyordum. Fazla bir şey değil.

Aşırı konuştuğumu fark ettim. Egon'a hesap vermek durumunda değildim. Öfkeyle tısır tısır çıktım gittim, onu orada bıraktım. Saat üçte muayenehanesinde olmaya söz vermiştim Lindemann'a.

Beni karşılamak yerine, "Bayan Sommer'e uğrayıver," dedi Lindemann. "Dış gebelik ameliyatı yaptığım kadından bahsediyorum."

"Biliyor musun, dış gebelik durumunda çok hızlı müdahale etmek gerekir," diyerek açıkladı, bilmem kaçıncı kez. Elimde olmadan gözlerimi devirdim ve yoğun bakıma doğru yöneldim. Lindemann durmadan bu ameliyatı anlatıyordu. Kahraman olduğuna kendisi de inanıyordu sanki.

İçeriye girdiğimde, Bayan Sommer'in yatağı boştu. Bir an için, kadının ölmüş olabileceğini düşündüm. Derhal yoğun bakım doktoruna gittim.

"Merhaba Agnes," diye karşıladı beni doktor. Onu son stajyerlik işimden tanıyordum.

"Eğer Bayan Sommer'i arıyorsan, durumu iyi. Onu tekrar normal odasına gönderebildik. Lindemann'ın beş dakikada bir buraya gelmesine artık gıcık olmuştuk." Sonra sırıttı:

"Lindemann deyince... Sen de şu "Hamam Böceği" hikayesini duymuş muydun, ha?" Kulak kesildim.

"Bir seminerde, vaka örneği olarak işlemiştik onu. Bu hikayenin uydurma olduğunu düşünürdüm hep." Bana bir tıp dergisi uzattı. "Bak şuraya, o vaka hatta burada yayınlandı. İsim verilmiyor ama, Dobrowsky, o meşhur "*Cucaracha*, Hamam Böceği" nin bizim Lindemann olduğunu açıkladı." Makaleyi buluncaya dek dergiyi karıştırdı. "Zavallı Lindemann. Öldü bu adam, öldü..." diye sırıtarak mırıldandı.

O akşam Lindemann çekinerek beni kahve içmeye evine davet edince, onu başımdan savmaya vicdanım el vermedi.

Akşam kahvesi için vakit bana göre geçti. Akşamı, Lindemann ile daha çekilir hale getirmek için, hemen Egon'un buzdolabından iki şişe bira aldım.

Personel evindeki dairesi, dünden beri daha temizdi. Yatağının altında görmüş olduğum çoraplar ve donlar yok olmuştu. Biraları plastik poşetten çıkardım. Hâlâ soğuktular. Şişeleri elimde görünce, Lindemann kararsız bir hal aldı sanki, ama sonra omuz silkti ve iki şişeyi de açtı. Minicik balkonda keyfimiz yerindeydi. Bir iki gri binadan oluşan manzaramız göz kamaştırıcı değilse de, akşam güneşi ısıtıyordu. Gözlerimi kapadım.

Gözlerimi tekrar açtığımda, Lindemann küçük bir sefalet kümesi gibi görünüyordu. Henüz sadece birkaç yudum içtiğinden emin olmasam, sarhoş olduğunu söyleyebilirdim. Konuşmaları belirsiz, bakışı donuktu.

"Blumenthal'a gelmeden önce, altı yıl boyunca üniversite kliniğindeydim." Bir yudum daha aldı ve şişeye hüzünle baktı.

"Ben, dirsekleriyle kendine yol açan biri değilim. Daha ziyade bilim adamı tipiyim." Bu sözler her şeyi açıklıyordu. Yani, bu adamın gerçek hayattan haberi yoktu. Ne mesleki ne de özel hayat anlamında.

"Burada, Blumenthal'da daha kimsenin bilmediği bir şeyi anlatmak istiyorum sana. Dobrowsky'nin dışında." Uzaklarda, çok uzaklarda olmak istedim o an.

Mecburen, bir eliyle hastanın vajinasındayken nasıl şarkı söyleyip dans ettiğinin hikayesini dinledim. Şefinin ve kadının kocasının izlediğinin farkında olmadan. Böylesine yüz kızartıcı bir şeyi dinlemek zorunda kalmak ıstırap vericiydi. Onun yerinde olsaydım, kafama bir kurşun sıkmıştım. Kesin ama!

Lindemann anlatırken gün batmıştı. Balkon serinledi. Lindemann bir an sessizleşti. O kadar bitkin görünüyordu ki, kolumu omzuna koydum. Eve girdik. Ruhsal sıkıntıda olan erkekler, koruma içgüdümü derhal alarma geçirirler. Elimde olmadan adamı avutmaya koyuldum. Ondan sonra olanlar ise yüzkarası!

"Lindemann ile yattınız mı?" diye dobra dobra sordum Agnes'e. Niyetim kınamak değildi, anlatırken zaten yeterince yerin dibine girmek ister gibiydi ama, muhtemelen ayıplıyormuşum gibi oldu. Sadece konuyu doğru anlamak istemiştim. Dobrowsky'nin yanısıra, Lindemann da Nicole'ün babası olma ihtimalini taşıyordu birden. Keskin ses tonumu normalleştirdim ve bir gün evvelsi yapmış olduğu iş görüşmesini sordum.

Aklım Gerald'daydı. Öfkeden köpürüyordum. Sabahleyin, Gerald'ın peşine takmış olduğum özel dedektifin raporu gelmişti. Gerald'ın hayatını takip ederek elime ne geçecek sanmıştım bilmiyorum. Ona baskı yapabileceğim biraz pislik. Tatsız ya da yasadışı bir şey. Umduğumdan fazlasını bulmuştum.

Dedektif, Gerald'ın, İngiltere'de otuz ve yirmi sekiz yaşlarında iki çocuğu olduğunu ortaya çıkarmıştı. Bir torun da vardı. Gerald'ı, dahiyane ve sevimli bir üçkağıtçı olarak gören avukatım, şoke olmuştu. Ama, boşanma davasında bunun rolü olmayacağını söyledi.

BÖLÜM 12

Bayan S., Koller ile olan iş görüşmesinin nasıl geçtiğini bilmek istiyordu. Agnes oturduğu koltukta ileri geri kaydı, sonunda, "Galiba bundan bir şey çıkmayacak," dedi.

Bayan S. yıkıma uğramış gibiydi. Ya Agnes'in sırf merhametten Lindemann ile aşna fişne olduğuna, ya da iş görüşmesi konusundaki başarısızlığına hayıflanıyordu. "Anlattıklarım onu sarsıyorsa, apaçık aşırı tepki gösteriyor," diye düşündü Agnes. Dün Blumenthal'a gitmişti. Esasen hiç de korktuğu gibi olmamıştı.

"Önemli olan, atlattım gitti," diye açıkladı Agnes psikoterapiste. "Koller'in bir asistan doktora ihtiyacı vardı, ben işsizdim. Ben çaresizdim. Koller da öyle. Beni memnuniyetle işe almak isteyen bir hali yoktu. Daha ziyade, denize düşen yılana sarılır durumundaydık ikimiz de. Koller'in tercih listesinde, Almanca bilmeyen, Polonyalı bir psikiyatristten ve Kosovalı bir spor doktorundan çok daha arkalarda, son sıradaydım. İkisi de çalışma izni alamayınca, sırf benim adaylığım kalmıştı elinde. Benim de onunla ilgili aynı düşündüğümü söylememek için kendimi zor tuttum."

Psikoterapistin ağız çevresindeki çizgilerin derinleştiği, Agnes'in dikkatini çekti. Kadının, durmadan hayal kırıklığına uğratılmış biri gibi göründüğünü düşündü. Lindemann ile olan ilişkisinin ya da iş bulma konusunda yeteneksizliğinin bunun nedeni olduğunu pek sanmıyordu aslında. Bayan S.'e nasıl olduğunu sormayı geçirdi aklından ama cesaret edemedi. Muhtemelen anlatmak istemezdi derdini.

"Lindemann ile tekrar görüştünüz mü?" diye sordu Bayan S. Agnes, "Evet," dedi.

"İş görüşmesinin, Koller'in başka çaresi olmadığından beni işe almak zorunda kaldığı noktasına ulaşmıştık. O esnada kapı çalındı. Alois Lindemann içeriye girdi ve donakaldı."

Bayan S., bütün bu olanların Agnes için ne kadar yıpratıcı olduğunu düşündü. Yüzündeki ifade yumuşadı. Agnes, Koller olarak anlatmaya devam etmek istediğini söyledi. "Bir haftadır ortadan kaybolmuştu başhekim karısıyla beraber. Kimse nereye gittiğini bilmiyordu," diye hatırlattı Agnes. Bayan S. başıyla onayladı.

Karım, dehşet içinde, "Sen bir canavarsın," diye bağırdı. Otel odasındaki jakuzi küvetinde bir köpük yakaladım. Vakit geç olmuştu ama sıcak sudan çıkmak istemiyordum. Astrid çenesini bir kapasa, iyice mutlu olacaktım.

"Ama tabii ki domuzlar aynı narkozla öldürülüyor, Astrid! Alt tarafı onlar kasaplık hayvan," diye açıkladım sabırsızlıkla.

Karım ağlamaklı oldu. Tam sahanda jambonlu yumurtasını ağzına götürecekken, muhtemelen, dün ameliyat etmiş olduğumuz domuzu yediğini söyledim. Bu tabii ki şakaydı. Hiddetle kahvaltı tabağını bir kenara itti ve giyinmeye başladı. Kursta ne yaptığımızı sorduğuna pişman olmuştu bile, eminim.

Arkama yaslandım ve Astrid'in uçuk pembe renkli bikinisini giyişini seyrettim. Baktığımı fark edince, öfkeyle arkasını döndü. Yumuşacık havludan bornozunu giydi ve yüksek topuklu sandaletleriyle, bacaklarını kıvırmadan, beceriksizce yürüyerek otel odasından çıktı. Ben bir kez daha gözünden düşmüştüm.

Dertsiz tasasız bir halde hava kabarcıklarını üfledim, ayak parmaklarımı kıpırdattım. Eskiden, ilk karım, bir kavganın ardından, beni buz gibi bir suskunlukla cezalandırınca, derhal sefil bir dilenciye dönüşüverirdim. Astrid'in değişen ruh halleri karşısında ise tamamen dirençliydim. Seks yasağıyla bile bana şantaj yapamıyordu. Öbür tarafa dönüyor ve onu kızdırmak için yüksek perdeden horluyordum. Son kozunu kullanarak ağlamaya başladığında ise, bu benim sadece canımı sıkıyordu. Ve canım sıkılınca da, olduğum yerde uykuya dalıveriyordum. Biliyorum, nazik değil yaptıklarım, ama ne yapayım, öyleydi. Çelik gibi sertleşmiş olmam, Astrid'in talihsizliğiydi. Marion için gözleri kan çanağına dönünceye kadar ağlamış o duygusal genç adam değildim artık. Marion'un beni terk etmesinin üstünden ancak yıllar geçtikten sonra bir kadınla birlikte olabilmiştim. Artık yalnız kalmak istemediğim için de, karşıma çıkan ilk kadınla evlenmiştim. Birinci karımla geçirdiğim zaman, beni bugünkü çelik halime getirmişti.

Tatsız anıları bir kenara ittim. Bu sabah uyandığımda, bu dünyada hiçbir şeyin huzurumu bozmasına izin vermeyeceğime karar vermiştim. Bu yeni bilgeliğin yerine iyice oturması için biraz daha fazla tecrübeye ihtiyacım vardı. Mükemmel bir egzersiz nesnesi olan Astrid, öğle yemeğine kadar sakinleşecekti nasılsa. Ne de olsa, sayemde, beş yıldızlı bir otelde tatil keyfi yaşıyordu.

Dobrowsky'nin, bir süre önce, laparoskopi ameliyatları üzerine saçma sapan sözleri, beni kırmızı alarm seviyesine geçirmişti. Bu adam hakkında ne denirse densin, şu da bir gerçekti ki, bu tip şeylerin kokusunu iyi alırdı. Doğruya doğru. Bu kursa gizlice yazılmıştım telaşla. Bir hafta boyunca domuzlarda laparoskopi egzersizleri yapıyorduk. Bu tip ameliyatlar için gerekli aletleri imal eden şirket, fahiş kurs ücretlerini üstlenmişti. Şu anda içinde oturduğum jakuzili lüks süit de buna dahildi.

Bu sabahki teori kısmını, Astrid'le münakaşa ederken kaçırmıştım. Pratik kısım için, kusursuz düzenlenmiş bir ameliyathane kullanıma hazırdı. Öğleden sonraları, ameliyat egzersizlerini ikişer kişilik gruplar halinde yapıyorduk.

İçeriye girdim ve boş bir yer aradım. Ameliyathanede, yeşil örtülerle örtülü on masa vardı. Örtülerin ortasındaki, açık kalan yerden, pembe et görünüyordu. Ameliyat masalarının baş ucunda küçük perdeler takılıydı. Onların arkasında, ellerinde hortum şeklinde maskeler olan anestezistler hayvanlara oksijen veriyorlardı.

Diğerleri gibi, ben de yeşil bir ameliyat önlüğü giydim, lastik eldivenler taktım. Yalnız duran bir meslektaşımın yanına gittim. Onu daha önce katıldığım seminerlerden öylesine tanıyordum. Adı Christoph idi, kibar bir adamdı ve benim gibi bir taşra hastanesinde başhekimdi. Yani dert yoldaşımdı. Neşeyle günaydınlaştık.

Anestezist, hastamızın kısa pembe boynunu sevecenlikle okşadı ve:

"Biraz beklemeniz gerekiyor. Henüz stabil değil," dedi. Christoph'a bu sabah kaçırdığım konuşmalar hakkında sordum.

"Bir şirket temsilcisi çeşitli aletlerin tanıtımını yaptı," dedi. "Örneğin şu elimdeki makasla bir şeyi hem tutup hem de kesebilirsin. Çok iyi düşünülmüş..." Tuttuğu gazlı bez parçasını keserek gösteri yaptı.

"Sonra, işgüzarın teki, olabilecek tüm komplikasyonlardan bahsetti."

İstifimi bozmadan, "Bilirim o tipleri, başımda birkaç tanesi var," dedim. "Bana sorarsan, açık karın ameliyatı yapmasını bilen, gözetleme deliğinden bakarak da yapabilir." Odermatt bu lafıyla, ukalalık etmek isteyen Dobrowsky'nin hevesini kursağına tıkamıştı. Christoph güldü:

"Hepimizin başında çekilmez cefalar var." Christoph'un cefası, vajinal mantarları yoğurtlu salata sosuyla ve miyomları pamuklu çubukla tedavi etme modasına meraklı kadınlarmış.

Adama empati duyuyordum. "Zamane hastaları artık ameliyat yerine yemek tarifesi istiyorlar," diye yanıtladım.

Anestezist yeşil ışık verince göbeğin altına küçük bir kesik attım. Bize ilk kurs gününde anlatıldığı gibi, kesiğin içine bir kanül soktuk ve karnı gazla doldurmaya başladık. Şişmekten gerilmiş pembe bir balon haline gelen karnı, çeşitli aletlerle deldik. Aletler, kaktüs dikenleri gibi her yöne dikildiler. Christoph, filozof edasıyla:

"Ortaçağda, şişlenmişlerin aziz koruyucusu vardı. Bundan sonra bana Aziz Christoph deyin." Anlaşılan dini kıyaslamaları seviyordu. Birlikte yumurtalıkları aramaya koyulduk. Karın boşluğunda olanları bir monitörde takip edebiliyorduk. Ama o kadar kurcaladığımız halde, müthiş şişmiş olan bağırsaklardan başka bir şey görünmüyordu. Eğitimcilerden biri, bizim ekrana göz attıktan sonra, kafasını sallayarak "cıkcık" etmeye başladı.

"Aletleri sokmadan önce, gerçekten karın boşluğunda olduğunuzu kontrol ettiniz mi?" Mahcubiyetle omuz silktik.

"Bakın, bağırsağı delmiş ve bütün gazı içine pompalamışsınız. Bütün aletleri çıkarıp, mümkün olduğunca çok hava çıkartmalıyız. İş ciddi olsaydı, tazminat istenirdi sizden. Bu hasta sizden davacı olmayacak. Şanslısınız," dedi.

Önceden uyarmadan, ventili söktü. Bir tıs sesiyle birkaç litre bağırsak gazı çıktı. Christoph'un yüzünün rengi, üstündeki ameliyat önlüğünün rengine benzedi. Benim midem de altüst olmuştu, halbuki biraz ileride duruyordum. Eğitimci, kılı bile kıpırdamadan:

"Biraz zaman kazanmak için, aletleri sizin için yeniden yerleştireceğim," dedi.

Adam oradan uzaklaşınca, "Amma da titiz!" diye mırıldandı Christoph. Sessiz sessiz ameliyata devam ettik.

"Görüyorum onu!" diye sevinçle haykırdı Christoph. Beyazımsı parlayan yumurtalığı sapından dikkatle tuttum. Makaslı aleti elime geçirmiş olduğumu çok geç fark ettim. Anında, bir kan fıskiyesi fışkırdı ve karın boşluğu kanla doldu. Anestezist panik halinde bir eğitimci çağırdı. Ne yazık ki, yine deminki adam geldi.

"Ay, ay, ay, ay!" dedi ve derhal kanı durdurmaya kalktı. "Emin akan kanı!" diye emretti bana.

Bir müddet sonra, "Seni alt ettim!" diye bağırdı sevinçle. "Yumurtalık tabii ki şimdi hapı yuttu ama hiç olmazsa artık kanamıyor. Gerçek bir hasta size elbette yine de dava açardı. Kazanırdı da!"

İsteksizce ama başka bir şey başımıza gelmeden ameliyata devam ettik. Anestezist bize hep acele ettiriyordu. Diğer yumurtalığı da tutabildik. Ama aniden pis kokulu, kahverengimsi bir sıvı yayıldı karın boşluğuna.

Aziz Christoph irkilerek bağırdı: "Yahu, ne boktan iş bu!" Artık hiç yanımızdan ayrılmayan eğitimci, pis sıvıya bir göz attı.

"Haklısınız, bu şimdi gerçekten bok!" dedi. "Bağırsağı delmeyi başardınız. Annem derdi ki, ağaçtan maşa, aptaldan paşa olmaz. Ama üzülmeyin, bunu tekrar nasıl tamir edebileceğinizi göstereyim."

Ameliyat sona erdiğinde, Christoph:

"İyi bir operatör, komplikasyonlarla nasıl başedebileceğini bilmeli," dedi.

"Aynen!" dedim.

Kurs bittikten sonra otele geri döndüm. Lobide bana çok bildik gelen biriyle karşılaştım. Odermatt, sırtı bana dönük olarak, yoğun sigara dumanı içinde oturmuş gazete okuyordu. Şaşkınlıkla, "Ne yapıyorsun burada?" diye sordum. Öksürdü, duman ağzından burnundan çıktı. Cerrahlar için laparoskopi kursuna gittiğini itiraf etti. Birdenbire kalktı üstümdeki yalnızlık duygusu. Benim kliniğimde yayılsın diye Dobrowsky'ye bırakmayacaktım meydanı! Odermatt ile akşam yemeğine gitmek için sözleştim. Ayrıca içimden, karım Astrid'e gelecekte daha nazik davranmak üzere yemin ettim.

BÖLÜM 13

Bayan S.'in suratı hâlâ asıktı. "Acaba şu ya da o iğrenç herifle yatıp kalktığım için mi kızgın bana?" diye düşündü Agnes kuşkuyla. Bayan S.'in erkekler konusunda kendisinden daha şanslı olduğunu sanmıyordu. Yoksa neden bu telefon görüşmelerini yapardı ki avukatla? Bayan S.'e çocukları olup olmadığını sormuştu bir keresinde. Kadın kaskatı kesilmişti bu soru karşısında. Yani normal halinden daha da katılaşmıştı. "Hayır, çocuğum yok," demişti yanıt olarak.

"Şimdi Agnes anlatmaya devam ediyor," dedi Agnes süklüm püklüm ve devam etti:

Pazartesi sabahı, Koller kaybolduğu delikten çıktı geldi. Bir buda heykeli gibi neşeli, keyifli ve besili görünüyordu. Alfred, sabah raporuna her zamanki gibi on dakika geç geldi. Abartılı bir tavırla içeriye süründü, sanki yürümek ona acaip ıstırap veriyor gibiydi. Koltuk değneklerine dayanarak, yürek parçalayıcı bir şekilde inleyince, Koller ona bir sandalye verdi oturması için. Egon, Rahibe Rosa'nın, çözdürsün diye eline sıkıştırmış olduğu dondurulmuş kan poşetiyle oynuyordu. Oynarken elinden düşürdüğü poşet patlayınca, içindekiler yere yayıldı. Koller bir kenara zıpladı ve sadece "Oha!" dedi. Koller, yokluğunda çıkarmış olduğu mükemmel iş için Lindemann'ı övdü. Lindemann taze gelin gibi kızardı ama buna rağmen öfkeli görünüyordu. Koller'in *Cucaracha* olayını öğrenmesi an meselesiydi.

Lindemann'ın yolundan çekilmeye çalışırken, sabah raporundan sonra, benim gibi aceleyle başasistandan kaçmaya çalışan Egon'a takıldım. Alfred de seke seke peşimizden geliyordu. Arkama kaçamak bir bakış fırlatınca, Lindemann'ı gördüm. Omuzları sarkmış ve sırtı kamburlaşmış bir halde arkamızdan bakıyordu. Onun yakınında olmamak için özel gerekçelerim vardı, ayrıca, şu *Cucaracha* hikayesi pis bir koku gibi üstüne sinmişti adamın.

Başhekim vizitesi başlamadan önce, kahve içmek için vaktimiz vardı. Tekerlekli sandalyedeki Martin, bir masaya yanaşmıştı, Kemal, onun ekmeğine tereyağ sürüyordu. Egon ve ben Martin için sıcak çikolata ve diğerleri için de kahve aldık. Bu arada Elfie de onların yanına oturmuştu. Egon kendi uzun bacaklarına takılmadan, tedbir olarak elindeki tepsiyi aldım. Kardeşim, Elfie'den mümkün olduğunca uzağa oturdu.

"Lindemann çok kötü görünüyor," dedi Alfred.

"O zaten her zaman iğrenç görünüyordu. Hamam böceği kılıklı," diye öfkeyle parladı Martin. Öfkesi Lindemann'a değildi. Hastanede daha ne kadar kalacağı belli olmadığı için hüsrana uğramıştı. Morali bozuk, benzi atmış ve kıpkırmızı gözlerle ekmeğini çiğneyip duruyordu. "Dua etsin ki yürüyebileceği sağlam iki bacağı var."

Alfred Martin'in sırtına vurdu. "Dostum, sen daha gençsin, birkaç yıl içinde buna güleceksin. Oysa ben..." Alfred koltuk değneklerini gösterdi. "Kariyerim çöpte, evliliğim parçalandı, sağlığım bombok..."

Martin, sanki Alfred'in kafasına elindeki dolu fincanı atacakmış gibi duruyordu. Konuyu değiştirmek için:

"Lindemann gıcık bir adam olabilir ama alay konusu olmayı hak etmiyor," dedim.

"Acıma sakın ona!" diye nasihat etti Egon.

"Evet, örneğin bana acı," dedi Martin. Alt dudağı titriyordu.

"Ya da bana," diye bağırdılar Egon ve Alfred aynı zamanda. Kemal hiçbir şey demedi. Yüzünü elleriyle kapadı. Omuzları öne doğru sarktı.

"Kemal hiç iyi değil," dedi Martin gereksiz yere. Arkadaşlar hemen, Kemal'in morale ihtiyacı olduğu görüşünde buluştular. Erkeklerin herbiri, oldukça sertçe Kemal'in omuzuna vurduktan sonra, Elfie, derdinin ne olduğunu sordu genç adama.

Kemal, İsviçre'ye tahsil için gelmişti ama üniversiteye giriş sınavında başarılı olamamıştı. Türkiye'ye geri dönmek istemiyordu, zira orada bir aptallık yapmıştı. Ailesi de bu nedenle onunla artık görüşmek istemiyordu. Ne yapmış olduğunu bize açıklamaya yanaşmıyordu Kemal. "Aptallık işte!" dedi Martin.

Vizesinin zamanı dolunca, Kemal, amcasının oğlu Kemal'in yanında saklanmaya başlamıştı. Anlaşılan hayal gücü kıt bir aileden geliyorlardı, çünkü ailede her iki erkekten birinin adı Kemal'di. Bu ikisinin soyadı da aynıydı üstelik. Diğer Kemal ondan üç yaş daha büyüktü ve bizim Kemal'e benziyordu. Amca oğlu, kendisinden daha yaşlıca bir hanımla anlaşmalı evlilik yapmıştı. Zaman içinde İsviçre'den bıkmıştı ve Türkiye'ye geri dönmek istiyordu. Anne babası artık hayatta değildi. Amcası, yani Kemal'in babası, yüz karası kendi öz oğlunun yerine, yeğenini bağrına basmaya hazırdı.

Kemal'in yanında oturan Martin, sessizce, dudaklarını, "Gay," diye abartılı bir halde şekillendirerek parmağıyla Kemal'in kafasının arkasını gösteriyordu. Gülmemek için kendimi zor tuttum. Kahkaha atmamaya çalışan Elfie'nin de yanakları kıpkırmızı olmuştu. Kemal'in hatırına kendimizi tuttuk.

İki kuzen kimliklerini değişmişlerdi. Yeni kimliğiyle bizim Kemal, hastanede postacı olarak iş bulmuştu. Her şey yolunda gidiyor gibiydi. Kemal on dokuz yaşındaydı ve evli göründüğü "yaşlıca hanım" onun hayalinde otuzlarında bir kadındı. Kuzeninin kendisine karşı pek dürüst olmamış olduğunu ancak karısı ona telefon açıp da, görüşelim, dediği zaman fark etmişti.

Şimdi karısı yoğun bakımda yatıyordu. Adı Berta idi ve doksan küsür yaşındaydı. Yabancılar Polisi'nin takibindeydi Kemal, zira bunun anlaşmalı evlilik olduğu malumdu. Ayrıca, karısının ailesi de onu takip ediyordu ve yaşlı kadın, eğer kendisini ihmal etmeye devam ederse, hakkında dava açmakla tehdit ediyordu. Kemal panik içinde kuzenine telefon etmişti. O da, bizim Kemal'e, evliliğin geçerli olması için, kocalık görevini yerine getirmesini tavsiye etmişti.

"Seninle dalga geçtiğinin farkındasın ama, değil mi?" diye sordu Alfred.

"Evet, ama önce bilmiyordum."

"Yeni tanıştığımız zamanlar, Kemal bu yüzden kabuslar görüyordu. Ama hastanedeki psikolog onu sakinleştirdi," dedi Martin.

O psikolog hakkında daha çok bilgi edinmek isterdim. Ama, o müthiş lacivert gözlü yakışıklı tipe ilgi duyduğumu Egon fark etsin istemiyordum. Ayrıca, psikoloğun bir ayağı çukurda, ama hiç de depresif gibi görünmeyen bir yaşlı kadını neden hasta odasında ziyaret ettiği takıldı kafama. Büyükanne, Kemal'i bu kadar korkutmayı başardığına göre, fazla psikolojik yardıma muhtaç olamazdı.

"Dünyanın en talihsiz insanıyım ben," dedi Kemal.

"Pişmiş tavuk," diye hepimiz bir ağızdan bağırdık ve güldük.

Kemal biraz rahatlamış gibiydi. O anda onu derdiyle başbaşa bırakmamız gerekiyordu. Şef vizitesi bizi bekliyordu. Vizite olaysız geçti. Bölüm neredeyse boştu zira. Koller'in morali, gördüğü her boş yatakta daha da çöküyordu. En sonunda, her zamanki kötü ruh haline erişmişti.

Öğleden sonra, Bayan Sarah beni telefonla Koller'in huzuruna çağırdı. Aslında erkek kardeşimle konuşmak istediğini, ama ona ulaşamadığını söyledi kırgın bir tonla. Ee, tabii ki Egon Elfie'nin yanında, fizik terapisindeydi. Bir yerleri ağrıyormuş gibi numara yapmasını tavsiye etmiştim ona. Ama tanıdığım kadarıyla kardeşim, muhtemelen, kız tavlamayı becereceğine yatağı falan tutuştururdu.

Bayan Sarah, Egon'un, düğünlerde çalan profesyonel bir orkestrada olup olmadığını sordu.

"Evet. Evleniyor musunuz yoksa Bayan Sarah?" diye merakla sordum.

Hayır, evlenmiyormuş. Ama yakında şefin evlilik yıl dönümüymüş. Aynı zamanda adamın doğum günüymüş de. Gözlerimi devirdim. Hangi içi geçmiş adam tam doğum gününde evlenirdi ki! Her neyse, Koller parti düzenleyerek karısına sürpriz yapacaktı. Ve burada, hastanede kutlama yapmayı tercih ediyordu. Ama, normal olarak bu tip eğlencelerde çalan orkestrayı aylar öncesinden rezerve etmek gerekiyordu.

Koller bütün bu güzel planlarını, bugünkü viziteden önce Bayan Sarah'ya anlatmış olmalıydı. Başasistanının maskara edildiğini ve kliniğinin mahvolduğunu henüz fark etmeden önce.

Tam olarak ne yapmam gerektiğine kararsızdım. Egon'a ve orkestrasına aslında güveniyordum, çok iyi çaldıklarını biliyordum çünkü. Bu, kendini ispat etmesi adına, kardeşim için mükemmel bir şans olacaktı. Müziği ile Elfie'yi baştan çıkartabilirdi. Koller ve diğerlerine, düşündükleri gibi salağın teki olmadığını gösterebilirdi.

Prova yapmaları gerekecekti. Epey çok ve yoğun prova. Bildiğim kadarıyla, Egon, baterist Reto ile kavgalıydı. Kardeşim, yanlışlıkla yuttuğu bazı parti uyuşturucularını telafi etmek için, ona hastanenin eczanesinden morfin getirmeye söz vermişti. Bazen, bu aptalın kıçına öyle bir tekme atmak geliyordu ki içimden, Zürih'e kadar yolu var!

Egon adına, Bayan Sarah'ya evet dedim. Egon'un arkadaşı Theo ile konuşmam lazımdı. Kardeşim eskiden onunla aynı evi paylaşmıştı. Yıllardır bu ikisi ve Reto, Theo'nun garajında çalıyorlardı. Theo kibar bir çocuktu. Bir keresinde kendisine, "Yontulmamış maço müsveddesi," diye hakaret ettiğim için, uzun zamandır bana haşhaşlı kurabiye hediye ediyordu. Biliyorum, bu mantıksız bir şey ama, Theo böyle biriydi işte.

Theo'nun ablasının eskiden orkestrada şarkı söylediğini hatırladım. Egon'a göre, kızın sesi müthişmiş. Onun sayesinde, birkaç teklif almışlardı. Ama gün geldi, kız bu sorumsuz gençlerden bıktı. Nereye konulduğu bilinmeyen saksafonları, tarihleri karıştırılmış randevuları, arayıp da bulunamayan orkestra üyelerini ve telefonda histerik bir şekilde cırlayan bir kadın sesini hatırlıyorum. Ama gençler bu arada büyümüş ve olgunlaşmışlardı.

Telefonu uzun uzun çaldırttım. Tam kapatırken, Reto, içi paslanmış çivi dolu bir çuvaldan çıkan gibi bir sesle telefonu aldı. Önce, günün bu erken saatinde bir şey yapmaya karşı direndi, telefonu kapatmak istedi. Derken fikrini değiştirdi ve "Theo kıçını telefona doğru kımıldatsın!" diye birine seslendi.

Theo, sesimi tanıyınca, aniden uyandı. Sakinleşmesi bir müddet sürdü ve bir müddet de, teklifime ısınması sürdü.

"Bilmiyorum," dedi kuşkuyla. "Çoktandır ablam bizimle müzik yapmıyor. Son zamanlarda çok yoğun çalışıyor."

Ablasının da doktor olduğu aklıma geldi. Adını hatırlayamadım. Marilyn gibi bir şey olabilirdi. Koller'in masasında, "İyi ki doğdun Bay Başkan" diye şarkı söyleyen ve kirpiklerini kırpıştıran, etine dolgun, beyaz giysili bir sarışın hayal ettim. Bu harika olurdu! Theo'ya, bir daha katiyen, bana karşı yontulmamış bir maço müsveddesi gibi davrandığını yüzüne vurmayacağıma dair söz verdim. Theo hâlâ ikna olmuş gibi değildi.

"Marion kabul eder mi, bilmiyorum. Hastanelerin kendisini depresif yaptığını söyler her zaman."

Telefonda konuşanın, Egon'un kızkardeşi olduğunu fark edecek kadar uyanmıştı Reto bu arada. Ahizeyi kaptı:

"Ağabeyinin bana borcu var," dedi, kapı gıcırtısına benzeyen sesini kısarak. İş konuşmaya başladık. Reto, orkestranın o efsanevi solisti Marion ile çalmasını organize edecekti. Buna karşılık ben de ona sokakta satabileceği türden uyuşturucu tedarik edecektim.

Reto, uyuşturucuların konduğu dolabın yanına bile yaklaşamıyacağımı ya bilmiyordu ya da umursamıyordu. Eczaneye girip hırsızlık yapmak gibi bir niyetim yoktu. Ama bir çaresini bulurdum. Öyle ümit ediyordum.

Daha sonra, kafeteryada Kemal ve Martin ile buluştum. Yanlarına oturdum ve başıma nasıl bir bela açtığımı anlattım.

Martin güldü. "Senin adın d'Estrées değil de, Lady Stress olmalıydı," dedi. Kemal ise başkalarının da aptallık yapmasında teselli bulmuş gibiydi.

"Uyuşturucu kısmını ben hallederim," dedi Martin. "Narkotikleri nerede muhafaza ettiklerini biliyorum.

Gece hemşiresinde bir anahtar var. O anahtarı habire ofiste bırakıyor. O bir dahaki sefer yine Dobrowsky ile sevişirken, ben anahtarı kaparım."

"Katiyen böyle bir şey yapamazsın!" diye çıkıştım. Martin omuz silkti. "Eğer yakalanırsam, ağlamaya başlarım, çok ağrım olduğu halde, gece hemşiresinin benimle ilgilenmediğini söylerim. Çocuk olduğum için bana inanırlar."

"Dikkat, amirin geliyor," dedi Kemal bana tam o esnada.

Koller'in gerçekten tam bize doğru geldiğini görünce irkildim. Sandalyenin ucuna ilişir gibi oturdu ve beni Egon'un orkestrası hakkında sorgulamaya başladı. Öyle görünüyordu ki, parti organize ederek karısına sahiden sürpriz yapmak niyetindeydi. Bu kadar zahmet gösterdiğine göre, demek ki evde kötü bir kavga vardı. Geçen hafta karısını gerçekten aldatmıştı anlaşılan.

Koller, orkestranın, beklentilerini karşılayabileceğine kani oldu. Müzisyenlerin başarısından beni sorumlu tutabileceği gibi ürkütücü bir hisse kapıldım. Sanki onların ajanı olduğumu düşünüyordu. İşin içinden çıkmam gerekiyordu.

"Elbette," dedim. "Onlar profesyonel. Sayısız konser verdiler."

"Bu müzik grubunun adı ne?"

"Neyin? Ha, evet..."

"Lady Stress," diyerek, Martin, yüzüne yayılmış bir melek gülücüğüyle yardımıma yetişti.

Koller Martin'e sinirli bir bakış fırlattı, fakat sonra başıyla onaylayarak ismi kabullendi.

***

O yaz akşamı, keyifli bir parti için biçilmiş kaftan gibiydi. Bahçe, masalar ve dans pisti için yeteri kadar büyüktü. Elfie ile ikimiz, masa dekorasyonuna yardımcı olduk. Elfie'nin morali bozuk gibiydi. Orkestranın aletlerini çıkarıp yerleştirdiği sahneye arada bir kaçamak bakışlar fırlattığı gözümden kaçmıyordu.

"Sanki Egon'un yardıma ihtiyacı var gibi," dedim. Elfie'nin yüzü aydınlandı. Tam Egon'a doğru gidiyordu ki, sert adımlarla yanımıza yaklaşmakta olan Dobrowsky'yi gördük. Hastane yöneticisi onun birkaç adım arkasından geliyordu. Elfie dondu kaldı. Ben de kendimi, oklarının hepsi hedefini şaşırmış bir aşk meleği gibi hissettim.

"Hah, buradasınız!" diye haykırdı Dobrowsky. "Siz ikiniz yine neler kıvırıyorsunuz?" Onun ağzından bu laf neden müstehcen geliyordu kulağa?

Dobrowsky, Elfie'yi bir kenara çekti. Eline küçük bir kutu sıkıştırdı ve:

"Üçünü birden yut. Mesanen hemen iyileşecektir," dedi. Bana göz kırptı ve çekti gitti, yönetici de arkasına takıldı. Elfie'nin yanakları yanıyordu. Bu baş belası ilacı onun da almasını istemiyordum. Bu arada Lindemann'dan duyduğuma göre, yöneticinin, Tridon isimli ilaçla ticari ilgisi varmış. Doktorlara da hisse verip kolayca köşeyi dönmek istiyormuş. Bütün doktorların buna itiraz ettiğini sanıyordu Lindemann. Dobrowsky'yi saymazsak.

Ben, Elfie ve Egon'u bir çift olarak görmek istiyordum. Bu yüzden, personel partisinden sonra olanları Elfie'ye açıkça anlatmaya karar verdim. Ve Dobrowsky'nin bana da Tridon vermiş olduğunu da. Elfie de, Dobrowsky ile yaptığı kaçamakları itiraf etti. Çekingen çekingen gülümsedik birbirimize.

O anda, adeta kulak zarlarımızı yırtan tiz bir sesle havaya sıçradık sandalyelerden. Egon mikrofona, "Test, test, bir, ki, üç, üççç," diye bağırıyor ve panik halinde, bas gitariste işaretler yapıyordu.

"Eğer partiyi mahvederse, Koller onu linç edecektir," dedi Elfie.

Koller ve karısı Astrid gelmişlerdi bile.

Oturma düzenini kimin organize ettiği konusunda bir nebze bile haberim yoktu. Başhekimler eşleriyle bir masada oturuyorlardı. Brunner'in nişanlısı Rita başka bir masaya yerleştirilmişti. Alfred birkaç isimliği yeniden düzenledi ve Rita'nın yanına oturdu. Dobrowsky, Koller'den çok uzakta oturuyordu, onun yanında da hastane yöneticisi vardı. Lindemann'ı, arkalarda bir masaya sürmüşlerdi. Bulunduğu köşeden bana nefret dolu bakışlar fırlatıyordu. Artık kendisiyle bir araya gelmek istemediğimi söylemiştim ona.

Egon'un grubu hafiften fon müziği çalmaya başlamıştı. Şarkıcıları henüz gelmemişti. Çalıştığı için, ancak akşamın ilerleyen saatlerinde gelecekmiş. Hâlâ pek hevesli olmadığı halde, sonunda şarkı söylemeye ikna olmuştu. Marilyn Monroe kopyası gibi giyinip, "İyi ki doğdun, Bay Başkan," diye şakımaya karşı çıkmıştı önce. Ama Reto çok inatçı olabiliyordu. Sonunda, Marion, Reto'nun ağzı kapansın diye, o beyaz pilili elbiseyi giymeye ve dudaklarına kırmızı ruj sürmeye razı olmuştu. Reto'ya bakarsan, tek rahatsız eden şey, Marion'un gözlüğüydü.

Miyop Marion gözlüğünü çıkarmamış olsaydı, davetlilerin arasında oturan Koller ve Dobrowsky dikkatini daha erken çekerdi muhtemelen. Marion, bir soul şarkıcısının sesine sahipti. Güzel söylüyordu doğrusu. Ağabeyimin müzik grubundan haz alıyordum. Gerçekten hoş bir parçadan sonra, "İyi ki doğdun," verziyonunu çalmaya koyuldular. Marion sahneden aşağıya indi ve Koller'e doğru yürümeye başladı. Daha masaya varmadan, bir şeylerin hiç de yolunda gitmediğini fark ettim.

Koller ve Dobrowsky gözlerini Marion'a dikmiş bakıyorlardı. Cümlenin ortasında Marion durdu. Avaz avaz haykırdı:

"Senin burada işin ne?" Orkestra sustu.

Dobrowsky ve Koller aynı anda bağırdılar:

"Marion!"

Dobrowsky'nin de orada olduğunu görünce, Marion'un gözleri büyüdü. Koller ona sarılmaya çalıştı. Koller'in karısı Astrid, bu kadının kim olduğunu öğrenmek istiyordu. Koller, ona çenesini kapatmasını emretti.

Marion kaçtı. Dobrowsky arkasından koştu. Koller birkaç kez kızın adını haykırdı ve Dobrowsky'nin arkasından gitti. Marion, Reto'nun minibüsüne bindi, gaz verdi ve bir direğe bindirdi, geri geldi ve sürmeye devam etti. Muhtemelen gözlüğünü daha takmamıştı. Astrid hıçkırıyor, bu rezil   heriften boşanacağını söylüyordu. Yönetici, Dobrowsky'ye, otoban mola yerinde terk edilmiş bir köpek gibi bakıyordu.

Parti çabucacık sona erdi.

BÖLÜM 14

Dün muayenehaneden geldiğimde, Gerald'ı beni bekler buldum. Geri döndüm ve koşarak kaçmak istedim. Uzun bacaklarıyla hemen arkamdan yetişti. Ne diyecekse demesi için üç dakika zaman verdim kendisine. Utandığını ve özür dilemek istediğini söyledi.

"Ne için?" diye bağırdım suratına. "Çocuklarından bahsetmeyi unuttuğun için mi? Ya da on iki yıl boyunca kendine baktırdığın için mi?"

"Bebeğim, n'apalım, ben böyleyim işte," demek istercesine omuz silkti. "Biraz unutkan, biraz tembel. Ama fena bir tip değil."

İçimden suratına bir yumruk indirmek geldiyse de, yürüdüm gittim.

Bu sabah avukatım telefon açtı ve Gerald'ın boşanma dilekçesini geri çekerek İngiltere'ye gittiğini söyledi.

***

Agnes anlatıyordu:

O hafta sonundan sonra, Egon, Pazartesi sabahı hasta olduğunu bildirdi. Korkak! Rapor esnasında Koller, sanki salatasında bulduğu fevkalade iğrenç bir şeymişim gibi bana bakıp duruyordu. Lindemann da bana aşağılayarak bakmaya çalışıyordu. Alışılmamış bir şekilde neşeli olan Alfred'in arkasına saklandım. O, etrafında yaşanan dramatik durumu umursamadan sırıtıyordu. Cumartesi akşamı, Rita ile dibine kadar flört etmişti. Brunner onu gebertebilirdi.

Bayan Sarah pattadak rapora daldı. Normal olarak onun raporla işi yoktu. Koller'e gitti ve kulağına bir şeyler fısıldadı. Dobrowsky ve acil durum kelimelerini duydum. Koller homurdandı ve hepimizi dışarıya kışkışladı. Kafeteryada, yoğun bakımın asistan doktoruyla karşılaştım. Koller'in eğlencesindeki fiyaskoya hâlâ gülüyordu.

"Yaşadığım en komik hafta sonu nöbetiydi," dedi gülerek. "Ha biliyor musun, Dobrowsky yoğun bakımda," diye ekledi sonra da.

"Ne?" diye şaşkınlıkla sordum. Asistan doktor eliyle boşver der gibi bir işaret yaptı.

"O kadar üzücü değil," dedi. "Pazar günü apandisit iltihabıyla getirildi hastaneye. Odermatt ameliyat etti kendisini. Daha ameliyathaneye giderken kavga ettiler. Dobrowsky, Odermatt'a ayyaş dedi. Bana sorarsan pek akıllıca değildi yaptığı. Ama galiba kendisi de pek ayık değildi. Ameliyattan sonra, Odermatt, Dobrowsky'yi kendi bölümüne almayı reddetti. Bu durumda onu Dahiliyeciler'e gönderdiler. Brunner bunu duyunca delirdi ve adamı Yoğun Bakım'a yönlendirdi. Böyle bir baş belasını orada bırakamazsın. Sonunda, materyal odasında ona bir yatak hazırladık. Şimdi orada yatıyor ve terör estirmeye devam ediyor. Arada bir, sizin yaşlı rahibe adama acıdığından bakmaya geliyor. Onun dışında herkesi bezdirdi."

Oradan ayrıldım. Birazdan başhekim vizitesi başlayacaktı. Bugün ben bu vizitede yer almayacaktım. Koller ve Lindemann'ın birlik olup beni dışlamalarıyla başedecek halde değildim. Nereye gittiğimi bilmeden koridorlarda yürüdüm ve geriatri bölümüne geldiğimi fark ettim.

Kendimi berbat hissediyordum. Reglim gecikmişti. Çaktırmadan bir hamilelik testi geçirmeliydim elime. Gözlerim yanıyor, coşkulu gözyaşı selini engelleyemiyordum.

Tam çarpacakken fark ettim adamı. O lacivert gözlü, dağınık saçlı müthiş çekici adam bir hasta odasından çıkmıştı. Adını hâlâ bilmiyordum. Beni perişan halde görünce çok ilgilendi ve anlayışlı davrandı. Eğer Kemal'i yanlış anlamadıysam, adam psikologdu. Yürüyüşe çıkmaya davet etti. Bir taraftan yürürken, bir taraftan, sümük tükürük ağlayarak adama içimi döktüm.

Ofisine gitmeyişimizi tuhaf buldum. Veya onu hep yaşlı hastaların odasından çıkarken görüşümü. Ya da doktor önlüğü giymiyor oluşunu. Veya adını hâlâ bilmiyor oluşumu. Ama bütün bunlar ancak çok sonradan, Blumenthal Hastanesi'nde psikolog falan olmadığını öğrendikten sonra aklıma geldi. Adam vedalaşıp gitti. Onunla konuşmak bana iyi gelmişti, artık o kadar bozuk değildi moralim.

Günün geri kalan kısmını bir şekilde atlattım. Akşama doğru Egon tekrar sığındığı delikten çıkıp geldi. Beraber yemek yedik ve ben erken yattım.

Gecenin ortasında bir sesle uyandım. Odamda biri vardı ve eşyalarımı karıştırıyordu. Kalbim deli gibi çarpmaya başladı. Yıllardır Kung Fu yapıyordum. Ama aklıma gelen tek şey, etimden et koparılıyormuş gibi ciyaklamak ve davetsiz misafirin kafasına "Doğumhanede Acil Durumlar" kitabını atmaktı. Odamdaki adam pis bir küfür savurdu. Sesi bana bir yerlerden bildik geldi. Işığı yaktım.

"Reto?" diye bağırdım. Kısmen rahatlamıştım.

"Mal burada mı?" diye sordu.

Reto tekinsizdi. Bir müddet münakaşa ettik. Kendisine uyuşturucu tedarik edersem, beni rahat bırakacağını söyledi. Para değil, sadece, birisine söz verdiği bir ilacı istiyordu. Razı olduğumu duyunca çıktı gitti.

Bir müddet daha titremeye devam ettim, sonra yataktan kalktım. Gecenin o saatinde cesaret edebildiğim kadar şiddetle Egon'un kapısına vurdum. Egon yerine Bayan Sarah uyandı. Kafasını kapının aralığından uzattı. Beni görünce, hiçbir şey söylemeden kafasını geri çekti. Kot pantolonumu giydim, üstüme bir tişört geçirdim ve hastaneye doğru yola koyuldum.

Düşündüm. Eczaneden hırsızlık yapmam söz konusu değildi. Yoğun bakımda da uyuşturucu bulunuyordu. Biri beni görürse, Dobrowsky'ye gelmiştim, derdim. Gece vakti tuhaf bir bahane ama aklıma daha iyisi gelmiyordu. Yolda laboratuvarın yanından geçtim. O saatte kimse yoktu orada. İçeriye girdim ve birkaç çekmeceyi açıp kapadım, sonunda aradığımı buldum. Bir hamilelik testi.

Yoğun bakımda tam bir kaos vardı. Tamamen doluydu içerisi. Birkaç bildik yüz görünce şaşırdım. Son gördüğümden beri gözle görülür bir şekilde yaşlanmış olan Rahibe Rosa elinde serum torbalarıyla ortada koşuşturuyordu. Hayretle selamladı beni.

"Bay Doktor Dobrowsky'ye yeni bir serum takmam lazım," dedi. "Beş dakikada bir çağırıyor, doğumhaneden koşa koşa yukarıya gelmem gerekiyor. Orada ilgiye ihtiyacı olan bir sürü kadın yatıyor halbuki." Hızla yanımdan geçti. Sonra Kemal'i gördüm. Karısı kalp krizi geçirdiği için içeriye almışlardı onu. Kalbi durmuş, fakat defibrilasyon yapıldıktan sonra kadın tekrar dirilmişti. Yaşlı kadın bitkin görünüyordu ama uyanıktı. Küçük odada kimin yattığını merakla bilmek istedi Kemal'den.

Dobrowsky tekrar zili çaldırdı. Rahibe Rosa'nın tekrar yukarıya koşturmaması için, ben gidip baktım kendisine.

Sanki gece yarısı emrine amade olmam son derece normalmiş gibi, "Ah, nihayet," dedi Dobrowsky. Oda ağzına kadar minderlerle, serum askılarıyla ve pansuman malzemeleriyle doluydu. Dobrowsky'nin yatağının bir yanında, tekerlekli sandalyede, kalp masajı eğitiminde kullanılan, canlı gibi görünen bir manken oturuyordu. Yatağın öbür tarafında, askıda, plastik bir iskelet sallanıyordu. Bunların ortasında da, Dobrowsky yatağında kurulmuş, kendisini bu malzeme odasına soktukları için sövüp sayıyordu. Görüldüğü kadarıyla bir şeyi yoktu. Berta gibi o da sadece eğlendirilmek istiyordu. Ne yapacağıma kararsız, kotumun cebindeki hamilelik testini yokladım.

Hasta odasından dışarıya çıktım tekrar. Kemal hâlâ Berta'nın yanında oturuyor ve ona Dobrowsky'den bahsediyordu. Yaşlı kadının keyfi yerinde gibiydi. O arada biri daha gelmişti yanlarına. Elfie.

Şaşkınlıkla, "Ne işin var burada?" diye sordum.

"Ne bileyim? Ben... Uyuyamadım. Artık Dobrowsky'ye hakkında ne düşündüğümü söylemem lazım diye düşündüm. Şimdi buraya gelince de cesaretimi yitirdim," dedi Elfie.

Kemal, fincanlarımızı nefis kokan kahveyle doldurdu. Bolca da şeker koymuştu. Önümüzdeki üç gün uyanık kalacaktık kesin bu kahveyle. Kemal gizlice sağına soluna bakındıktan sonra elime bir ampül sıkıştırdı.

"Morfin," dedi. "Reto'ya verebilirsin." Minnetle Kemal'in boynuna sarıldım. En azından bu dertten kurtulmuştum. Hap değildi ama, eminim ki ampül de Reto'nun işine yarardı.

Bu arada Elfie ile arkadaşlığımız o kadar ilerlemişti ki, ona Reto ile aramdaki uyuşturucu işinden bahsettim. Berta gıdaklar gibi güldü. İki saat öncesi ölmüş ve yine dirilmiş olan yüz yaşındaki bir kadın olduğu düşünülürse, aşırı uyanıktı. Elfie daha alçak sesle konuşmaya başladı. Mahzun mahzun kahvesine bir kaşık şeker daha koyup karıştırdı.

"Egon'la kavga ettim," dedi. Demek ki gene konuşuyorlardı. Bunu gelişme olarak değerlendirdim. Egon'u, Marion fiyaskosundan sonra teselli etmek isterken, Dobrowsky ile yatmış olduğunu itiraf etmek gibi aptalca bir hata yaptığını söyledi.

"Erkekler!" dedim.

Bir fincan kahve daha içtikten sonra, Elfie'nin ruh hali değişti. Çenesini agresif bir tavırla öne doğru itip yüz elli santimlik boyunun tüm haşmetiyle ayağa kalktı. Suratı öfkeyle kızarmış bir halde, Dobrowsky'nin odasına yürüdü.

"Kadınlar!" dedi Kemal. Berta yüksek sesle burnundan soludu. Kadının daha uyanık olduğunu tamamen unutmuştuk. Hamilelik testi için çiş yapabilmek amacıyla, bir fincan kahve daha içtim.

Tuvaletten geri geldiğimde Elfie gitmişti bile. Kemal, onun çok kızgın bir şekilde Dobrowsky'nin odasından geldiğini söyledi. Odaya girdiğinden daha da öfkeliymiş.

Tam dinlemedim söylediklerini. Kafamın içi boşaltılmış gibiydi. Sadece test çubuğundaki o iki çizgiyi düşünüyordum. Kalbim daha şimdiden kaburgalarımı gümbürdettiği halde, bir kahve daha içtim. Sonra Dobrowsky'nin odasına gittim.

Ertesi sabah, Dobrowsky'nin geceleyin öldüğünü duyduk.

Kendine gelmesi için Agnes'e zaman verdim.

"Ölüm nedeni neydi?" diye sordum. Bir süre sessiz kaldı.

"Kalp krizi?" diye önerdi.

Dilimin ucuna gelmiş olan soruları nasıl soracağımı bilemedim bir an için: "Dobrowsky neden durup dururken kalp krizi geçirmiş olsun ki? Nicole'ün babası mıydı? Onu siz mi öldürdünüz? Bunu nasıl becerdiniz?" Ve tabii ki: "Sizin onu öldürdüğünüzü öğrenirsem ben ne yaparım?"

"Dobrowsky'nin odasına girdiğinizde ne oldu?" diye sordum itinayla.

BÖLÜM 15

Kemal gözlerini ovuşturdu. Berta, beyaz nevresimin içinde küçük bir kuş gibi görünüyordu. Burnunda bir hortum vardı, bir diğer hortum boğazındaki damarda takılıydı, üçüncü bir hortum da yatağın kenarında asılı olan idrar torbasına gidiyordu. Göz kapakları kıpır kıpırdı.

Kadın ister şimdi ölsün, ister birkaç yıl sonra, Kemal her durumda mahvolmuştu. Her an anlaşmalı evliliği ortaya çıkabilir ve sınırdışı edilebilirdi. Kadının parasında gözü yoktu. Berta'nın zengin olduğunu bilmiyordu bile evlenirken. Kuzeni Kemal'in de bundan haberi yoktu kesin. Yoksa kimlik değiş tokuşunu teklif etmezdi diye düşündü Kemal acı acı. Bu arada, kuzeninin, yani şimdi kendisinin, üç yıldan beri asker kaçağı olduğu için Türkiye'de arandığını öğrenmişti. Anlaşılan bu yüzden İsviçre'ye iltica etmişti kuzeni. Amca oğlunun şimdi onun yerine askere alınmış olması, Kemal için küçük bir intikam olmuştu. Öte yanda, kendisi, Türkiye'ye giderse içeri alınırdı asker kaçağı olarak.

Berta gözlerini açtı. Şaşkın şaşkın etrafına bakındı. Kemal'i algılayınca, yüzü canlandı. Başına ne geldiğini öğrenmek istedi. Kemal, tekrar hayata döndürülmüş olduğunu anlattı ona.

"Neden sanki biraz önce karın ölmüş gibi duruyorsun?" diye sordu. Kemal son günlerde onun aykırı espri anlayışına alışmıştı. Hoşlanıyordu yaşlı kadından. Kadının kafasının tamamen yerinde olduğunu o da fark etmişti. Anlaşmalı evliliklerinin ortaya çıktığını ve Türkiye'ye gittiği zaman kendisini tutuklama emri beklediğini anlattı.

"Yukarı tükürsem bıyık, aşağı tükürsem sakal," diyerek bitirdi sözlerini.

"Anlaşılan bir Türk atasözü," dedi Berta kıkırdayarak. "O zaman en iyisi tükürme!"

***

O gece sırf yoğun bakım kargaşalı değildi. Rahibe Rosa'nın da işi başından aşkındı. Doğumhane uzun zamandır bu kadar dolu olmamıştı. Ortalıkta işe yarayan doktor da kalmamıştı. Nedenler çeşitliydi: Hastalık, bacak kırığı, apandisit ameliyatı, kara sevda, kırgınlık. Rahibe Rosa, aynı esnada doğum sancısı çeken üç kadınla tek başına sayılırdı. Başka bir kadın daha yeni doğum yapmıştı, ama hâlâ kan kaybediyordu. Rahibe Rosa ilaç dolabından birkaç tane serum torbası aldı. Bir ampulün içindeki Methergine isimli ilacı çekti, serum torbalarından birine enjekte etti ve torbanın üstüne itinayla yazdı. Bu, rahimin büzülmesi ve kanamanın durması içindi. O esnada Dobrowsky telefon etti ve Rahibe Rosa'yı yanına çağırdı. Yaşlı ebe önce, serumu takmak için, hâlâ şiddetli kanaması olan kadına koştu. Bu arada Dobrowsky telefonu kesintisiz çaldırıyordu.

Yoğun bakımdan sorumlu doktor, Dobrowsky'nin orada sadece kalmasına müsamaha edildiğini ama tedavi edilmediğini açıklamıştı. Personel, lazımlığını boşaltmaya bile yanaşmıyordu. Serumları dahi Rahibe Rosa doğumhaneden getirmek zorunda kalıyordu. Rahibe Rosa nefes nefese Dobrowsky'nin odasına daldı ve getirdiği serum torbasını taktı. Sonra tekrar doğumhaneye koşturdu.

***

Elfie, Dobrowsky'nin odasına girdi. Dobrowsky onu görünce gülümsedi; ama ardından can acısıyla yüzünü buruşturdu.

"Dinle küçük kuş, seninle beraber olmak güzeldi. Ama şu anda keyfim yerinde değil. Yarın tekrar gel," dedi.

Elfie, kendisiyle seks yaptıktan sonra Tridon vermediği kadın var mı, diye bilmek istediğini söyledi öfkeyle. Dobrowsky sırıttı.

"Yaşlı ve çirkin kadınlar, seks yapmadan da aldılar onu. Genç ve güzel olanlara, kısa boylu bile olsalar, hayır demedim."

Elfie artık dayanamadı. Odadan çıkmaya kalktığında, Dobrowsky, "Şu serumu biraz daha hızlandırır mısın? İçinde morfin var, ama ebe öyle yavaşa ayarlamış ki, hiçbir şey hissetmiyorum," diye sızlandı.

Kemal'in Agnes'e verdiği ampul geldi Elfie'nin aklına birden. Muhtemelen Kemal onu Dobrowsky'nin yanından çalmıştı, onun için şimdi serumun içinde ağrı kesici yoktu. Elfie bir an için durakladı, odadan çıkmadan önce serumu hızlandırdı. Kendi başının çaresine kendisi baksın pis herif, diye düşündü.

***

Rahibe Rosa telefonla Lindemann'ı yataktan kaldırdı. Doğumhanedeki kadının kanaması hâlâ dinmemişti. Lindemann, doğum sonrası bir kanamayla ilgilenmesi gerektiği için kızdı. Neredeyse her gece, bazı şakacı tipler seslerini değiştirerek, doğumhanede acil durum var, diye onu uykusundan uyandırıyorlardı. İki dakika geçince tekrar gelen telefonda ise, acil durumun *Cucaracha* yöntemiyle giderildiği, uyumaya devam edebileceği söyleniyordu. Ama bu sefer telefondaki Rahibe Rosa idi, yaşlı rahibenin kendisiyle gırgır geçeceğini pek düşünemezdi.

Rahibe Rosa telefonu tam kapamıştı ki, gözü hasta kadının serumuna ilişti. Telaşla, serumları karıştırmış olabileceği kafasına dank edince, birdenbire başından aşağı kaynar sular döküldü. Bu genç anne için hazırlamış olduğu serumu, Dobrowsky'ye takmıştı. Ölü gibi bembeyaz kesilmiş kadının serumunun içine derhal bir ampul Methergine enjekte etti. Dobrowsky'nin rahmi olmadığı için, yanlış ilaç almış olması o kadar kötü değildi. Onun serumunu zaten çok yavaşa ayarlamıştı. Hemşire kendisiyle ilgilenmek için vakit buluncaya kadar, o kendi başının çaresine bakardı artık.

***

Lindemann doğumhaneye girdiğinde, genç kadının kan dolaşımı stabildi ve kanaması durmuştu. Ama bilinci henüz pek yerinde değildi. Daha iyi kontrol altında tutulması için, Lindemann kadını yoğun bakıma nakletti. Rahibe Rosa, hasta kadına şahsen eşlik etmesini rica etti ondan.

Biraz durakladıktan sonra da, "Ve bir de, Bay Doktor Dobrowsky'yi de bir kontrol ediverin. Çok fazla işim var. Şu anda buradan ayrılmam imkansız," dedi.

Hemşirenin kendisini hademe gibi kullanıyor olmasına kızdı Lindemann, ama yardıma ihtiyacı olduğunu da görüyordu. İstemeye istemeye, Dobrowsky'nin odasına girdi. Dobrowsky'nin, bir nevi temizlik dolabına yerleştirilmiş olduğunu görünce memnun oldu. Adam ter içindeydi, suratını ise ağrısı var gibi buruşturuyordu. Lindemann o kadar da acımadı kendisine.

"Bu gece doğumhanede dans etmen ve şarkı söylemen gerekmiyor mu?" diye sordu Dobrowsky. Lindemann arkasını dönüp gitmek istedi. Dobrowsky bağırdı: "Gelmişken, şu lanet olası serumu biraz daha aç. Ağrı kesici işe yaramıyor, Rahibe Rosa'yı da çağırmak istemiyorum yine."

Lindemann bu adamdan nefret ediyordu. Onun yüzünden herkese alay konusu olmuştu. Kariyeri mahvolmuştu ve Agnes'in gözünden düşmüştü. İçinden Dobrowsky'ye sonsuz ıstırap çektirmek gelse de, Rahibe Rosa'nın tekrar yukarıya koşturmasını istemiyordu. Dobrowsky'nin damarlarına sıvının daha çabuk gitmesi için, küçük tekerleği öfkeyle çevirdi. Bu esnada gözü serum torbasına gitti. Üstündeki etikette Methergine yazıyordu.

Lindemann hızla düşündü. Methergine'in, Dobrowsky'nin serumunda işi olmadığı aşikardı. Ama rahmi olmadığı için muhtemelen ona bir zararı dokunmazdı. Baş ağrısı, mide bulantısı, karın ağrısı. Onlar da önemsizdi. Lindemann kapıyı kapatıp odadan çıktı.

Gitti yattı. "Ancak, kalp sorunu varsa, ya da yüksek tansiyonu, durum değişir," diye geçti kafasından. "Hadi canım," diye düşündü sonra, "Dobrowsky ayı gibi." Uykuya dalmadan önceki son düşüncesi buydu.

***

Agnes, Dobrowsky'nin yattığı, eski aletlerle tıka basa dolu küçük odaya girdi.

"Hamileyim!" diye patladı. Dobrowsky kendisine asabi bir bakış fırlattı.

"Haftaya tekrar gel. Şu an uygun değil." Agnes'in beti benzi attı.

"Sen bana Tridon verdin. Onun, doğum kontrol hapının etkisini yok ettiğini bilmiyordum."

"Neden bahsettiğini hâlâ bilmiyorum kızım. Bir sorunun varsa, Lindemann'a söyle. O sana kesin yardım eder. Ya da ben iyileşinceye kadar bekle. O zaman ilgilenirim derdinle."

Agnes göz yaşlarını tutamadı. Artık bu adamı görmek istemiyordu. Arkasını döndü. Dobrowsky haykırdı:

"Bekle! Çıkmadan önce şu serumu hızlandırıver. Kahrolası ilaçların hiç faydası yok."

"O zaman geber!" dedi Agnes öfkeyle. Ama adamın gerçekten kötü durumda olduğunu görünce, vicdanı rahatsız oldu. Çok terliyordu ve gözlerinin etrafında koyu renk halkalar oluşmuştu. Serumu açtı. Bu esnada, Rahibe Rosa'nın güzel el yazısıyla yazılı etiketi gördü. Neden bu adama Methergine verilmiş ki diye geçirdi aklından. Bu ilaç, doğumhanede kullanılan, çok yüksek dozda verilirse kalp krizine neden olabilecek bir ilaçtı. Ama umurunda değildi aslında. Gözyaşlarına boğulmuş bir halde odayı terk etti.

***

Koller uyuyamıyordu. Karısı, Cumartesi günü, parti akşamı, bavulunu alıp bir kız arkadaşına gitmişti. Koller o günden beri neredeyse sırf Whisky ile besleniyordu. Mide ülseri ateş gibi yanıyordu. O sabah kan tükürmüştü.

Tuhaftı ama, Astrid'in gitmiş olması onu pek etkilememişti. Marion'u düşünmekten kendini alamıyordu. Gece yarısını çoktan geçmişti. Daha gözünü kırpmamıştı, hâlâ giyimli olarak salonda oturuyordu. İçinde sıcak bir öfke dalgası kabardı. Arabasına atlayıp hastaneye gitti ve yoğun bakıma gitmek üzere asansöre bindi. Dobrowsky'nin yattığı malzeme odasına girdi.

Dobrowsky ona donuk gözlerle bakıyordu. Düzensiz nefes alıyordu. Rezil herif, hâlâ numara yapıyordu. Koller bunu çekemeyeceğini düşündü. Son yılların acısını kusmak geliyordu içinden.

Dobrowsky serumu gösteriyor ve karga gibi bir sesle, "Daha hızlı!" deyip duruyordu. Serum zaten çok hızlı akıyordu.

"Hasta yatağında bile gözün doymuyor. Obur herif!" dedi Koller kızgınlıkla. Titreyen elleriyle küçük tekerleği gereğinden fazla çevirdi. Torbanın içindeki sıvı, birdenbire Dobrowsky'nin kanına karıştı.

"Aahhh!" dedi Dobrowsky ve gözlerini devirdi.

Koller aniden ayıldı. Dobrowsky'nin nabzını aradı. Yoktu. Kahrolsun! Küçük tekerleği hemen geri çevirdi. Şaşkınlıkla boş serum torbasına bakıyordu. Etiketi gördü ve Methergine yazısını okudu.

Koller'in kafasından birkaç düşünce aynı zamanda geçti: "Reanimasyon alarmını aktive etmek? Neden Dobrowsky'de Methergine'li serum takılı? Şu Lindemann aptalı mı serumları karıştırmış?"

Methergine sadece doğumhanede kullanılırdı. Doz aşımı damar spazmına, yüksek tansiyona, kalp krizine neden olurdu.

Reanimasyon alarmı?

Kararlı bir hareketle, serum torbasındaki Methergine yazılı etiketi yırttı. Odadan çıktı. Genç postacı bir yatağın kenarında oturmuş ona bakıyordu. Bu adamın bu saatte burada ne işi vardı?

Koller, Dobrowsky'nin kapısını tekrar açtı ve içeriye bağırdı:

"Geçmiş olsun, bir an evvel iyileş!"

Postacıyı belli belirsiz selamladıktan sonra hızla uzaklaştı.

Koller'in ziyaretinden kısa bir müddet sonra bir hemşire Dobrowsky'ye bakmaya geldi. Odaya bir bakış attı ve alarmı aktive etti. Dobrowsky ölmüştü.

BÖLÜM 16

Ertesi gün Kemal'in karısı Berta tekrar odasına nakledildi. Kemal onu ziyarete gittiğinde psikologla karşılaştı. Berta yatağında dimdik oturuyordu. Bir kâğıdın üstüne, örümcek gibi imzasını attı. Bu kâğıdı psikoloğa uzattı, adam da onu hızla cebine soktu. Berta, "Paramı ona miras bıraktım," dedi. Dişleri ağzında takılı olmadığı için, lakırdıyı çiğniyordu, ama yine de kendini tamamen net ifade edebiliyordu.

"Sana da bir şey bıraktım," dedi Kemal'e. "Çok değil, yoksa polis başına bela olur." İnleyerek arkasındaki yastıklara saldı kendini. "Muhtemelen seni anlaşmalı evlilikten dolayı en yakın zamanda sınırdışı edeceklerdir." Her yeni cümlede sesi daha da kısılıyordu. Gözlerini kapadı. Bir dakika sonra hafifçe horlamaya başlamıştı. Psikolog mahcup olmuş gibi görünüyordu.

"Mirası para canlısı akrabalarına kalsın istemiyormuş. Bu yüzden de sizinle evlenmiş. Ama duyduğum kadarıyla, Yabancılar Polisi fark etmiş sahte evlilik olayını," dedi Kemal'e.

Kemal'in omuzları düştü.

Psikolog, "Dinleyin..." diye çekinerek söze başladı. "Berta, dün şu doktorun öldüğünü söyledi. Belki işinize yarayabilecek bir fikrimiz var..."

***

Kemal tüm cesaretini toplamak zorunda kaldı. Ama artık kaybedecek bir şeyi kalmamıştı. Koller'in kapısını tıklattı.

Birkaç dil sorununa rağmen Koller onu hemen anladı. Sakal bıyık ve tükürme laflarına ilk önce pek anlam veremediyse de ne demek istediği aşikardı. Kemal ve Berta, Koller'in, ölümünden biraz önce Dobrowsky'nin odasında olduğunu kimseye anlatmamaya hazırlardı. Kemal buna karşılık yeni bir kimlik istiyordu.

Koller düşündü. Adama bir pasaport tedarik edemezdi. Ama bir şeyler yapılabilirdi. Diğer başhekimlerle konuşması gerekiyordu. Odermatt Dobrowsky'yi ameliyat etmişti. Ne o, ne ameliyattaki anestezist, ne de Dobrowsky ile yoğun bakımda baştan savma ilgilenilmiş olmasından sorumlu Brunner, polisin gelip de olayı incelemesini isterlerdi.

Koller düşünürken Kemal sabırla bekledi.

"Araba kullanabiliyor musunuz?" diye sordu Koller. Kemal, "Evet," dedi.

Diğer başhekimler, Koller onlara çok fazla açıklamada bulunmadan, Kemal'in sorunundan haberdar edilmeliydiler. Formaliteyle hiç alakası olmayan Odermatt'ın, evraklarını sormadan işe aldığı insanlar vardı. Yıllardır, sahte diplomalı bir başasistan kadını çalıştırıyordu yanında örneğin.

"Bir ambulans sürücüsüne ihtiyacımız var. Evraklarınızın bende olduğunu söyleyeceğim personel dairesine. Personel evinde boş odalar var. Bayan Sarah'dan anahtarı alabilirsiniz."

194

Koller, sinek kovar gibi elini salladı.

***

Birkaç gün sonra, Agnes diğerleriyle kafeteryada oturuyordu. Egon ve Elfie ellerini birbirlerinden ayıramıyorlardı. Martin onları görünce, "Artık tamamen saçmaladınız," dercesine gözlerini devirdi, ama yüzünde aydınlık bir ifade vardı. Son ameliyat iyi geçmişti. Fizyoterapide gelişme kaydediyordu. Artık tekerlekli sandalyede oturmuyordu, yakında eve çıkabilecekti.

Kemal de mutluydu. Şimdi artık elinde hiçbir doküman olmasa da, Koller sayesinde sağlam bir işi vardı ve kaldığı yer için para vermiyordu. Orada Koller'in sözü geçtiği müddetçe, kimse onu rahatsız edemezdi. Artık, "Sütten çıkmış ak kaşık" olduğunu söyledi arkadaşlarına.

Bir sonraki gün Dobrowsky toprağa verilecekti. Agnes, Egon'a ve Elfie'ye hamileliğinden bahsetmişti. Şok olsalar da, ona hemen sarılmışlardı. Agnes, kararı ne olursa olsun, kendisini destekleyeceklerini biliyordu.

BÖLÜM 17

Agnes ağırlığını sol ayağına verdi. Küçük çocuk gibi zıplayıp durmak istemiyordu; ama donuyordu ve acilen ayak yoluna gitmesi gerekiyordu. Geç kaldığı için, mezar başı konuşmasının büyük kısmını kaçırmıştı. Oysa papaz elinden geldiğince güzel konuşmuştu. Sanki hastane yöneticisi ağlamamak için kendini zor tutuyordu. Fakat ondan başka da kimse böyle görünmüyordu.

Papaz, "Hermann Dobrowsky, ölümüyle geriye büyük bir boşluk bırakmıştır," dedi.

Büyük boşluk ve Dobrowsky kelimeleri, müstehcen bir fıkranın başlangıcı gibi geliyordu kulağa. Sinirli bir kıkırdama, patlarcasına, Agnes'in boğazından ağzına doğru yükseldi. Çıkan sesi, havlar gibi hapşurarak kamufle etmeye çalıştı.

Egon ürktü. "Deli misin?" diye köpürdü Agnes'e.

Agnes yine suçlu hissediverdi kendini. Ve de korkuyordu. Orada panik atak yaşama lüksüne de sahip değildi. Hiç faydası olmazdı şimdi bunun. Dobrowsky ile neler yaptığını kimse bilmiyordu ve bilmemeliydi.

Papaz sanki kızmıştı, daha da yüksek sesle bağırıyordu. "Öyle mütevazı yaşadın ki, tek bildiğin görev, işindi!"

Agnes içini çekti. Zihnini başka tarafa yöneltmek için kafasını kaldırdı ve etrafına bakındı. O esnada, iki sıra önde, bir adam arkasına dönüp ona baktı ve teatral bir tavırla gözlerini devirdi. Agnes can çekişen bir balık gibi nefes aldı ağzıyla. Nereden çıkmıştı o şimdi yine? Kendini birden mahçup hissederek, gözlerini başka yöne çevirdi. Tekrar o tarafa baktığında; adam, kalabalığın arasına karışmadan önce, ona muzipçe göz kırptı. Şüphe yoktu; dağınık saçlar, buruşuk takım elbise ve alaylı bakış; o olduğu besbelliydi. Agnes, adamın hemen sonra usulca uzaklaşıp, köşede kaybolduğunu gördü. Arkasından bakarken, onun kendisi hakkında bildikleri aklına gelince, Agnes'i ateş bastı. "Lanet olsun," diye düşündü. "Adamı psikolog sanarak şakır şakır içimi döktüm, oysa adını bile bilmiyorum."

En azından Egon iyi durumdaydı. Onu daha iyi görebilmek için kafasını biraz çevirdi. Yıllardır kardeşini bu kadar huzurlu görmemişti. Elfie çaktırmadan bacağını ona sürtünce, Egon'un yüzüne gülümseme yayıldı. Papaz, "Bir insanın geriye bırakabileceği en güzel şey, onu düşünen insanların yüzüne yayılan gülümsemedir," dedi. Egon şimdi sırıtıyordu.

***

Egon arzuyla ürperdi. Son haftayı, Elfie ile gece gündüz yatakta geçirmişlerdi. Elfie onunla harika şeyler yapmış ve muhteşem olduğu hissini vermişti kendisine. Egon ne anlatsa hayranlıkla dinlemiş, yaptığı her şakaya gülmüştü.

Bir hafta önce, Elfie, tamamen perişan bir halde, Egon'un personel evindeki oda kapısını tıklatmıştı. Genç adam o kadar şaşırmıştı ki, ne biçimsiz pijaması ne de havasız odasında oraya buraya dağılmış olan giysilerini dert etmek aklına gelmişti o anda. Elfie'yi kollarına almış, hıçkıra hıçkıra ağlaması sona erinceye kadar sırtını okşamıştı. Kız, ona Dobrowsky'nin ölümünden bahsetmişti. Çok fazla ağrı çektiği için öldüğünü tahmin ediyordu. Ve bunun tek suçlusunun kendisi olduğunu söylüyordu. Egon duraklayıp kalmıştı. Doğrusu, Elfie ancak onun omuzuna geliyordu. Dobrowsky ise ayı gibiydi. Elfie narin, zarif, hatta şeffaf bir kızdı neredeyse. Buraya kadar tamam: Şu Dobrowsky ayısının ölüm nedeni ne olursa olsun, Elfie'nin bunda suçu yoktu. Adamın öleceğini kimse önceden bilemezdi. Elfie nereden bilsin? Sekiz ay bir hafta meslek tecrübesi olan bir doktor olarak bunu kesinlikle söyleyebilirdi.

***

Elfie, ayak parmaklarının ucunda yükselip boynunu uzattı. Papaz konuşmasını tamamlamıştı. Başhekimlerin az saçlı kafalarının arasından bir şeyler görmeye çalıştı. Peşpeşe öne doğru ilerliyorlardı. Herhalde mezara çiçek atıyorlardı. Bir hafta önce, Dobrowsky öldü, diye kendini neden o kadar berbat hissettiğini anlamıyordu bugün. Egon'a göre, adamın metabolizmasında bir bozukluk vardı. Önemi yok, şimdi o pis herif artık ölüydü, artık yapacak bir şey yoktu. Çaktırmadan bacağını Egon'a sürttü, onun sırıtmaya başladığını gördü. Yıllardır bu kadar aşık olmamıştı. "Keyfimden Dobrowsky'nin mezarının üstünde göbek atabilirim," dedi içinden.

***

"Aman Tanrım! Rosa, şimdi de Bay Doktor Dobrowsky'yi mi öldürdün?" diye geçirdi kafasından Rahibe Rosa hüzünle. Polise teslim mi olmalıydı? Ama ömrünün geri kalan kısmını demir parmaklıkların ardında tüketmek istemiyordu. Böyle bir şeyi dünyevi şefi Koller'e yapamazdı. Gökyüzüne bir bakış fırlatarak, en büyük şefinden af diledi. Onunla da bu konuda görüşmeliydi.

Bir hafta önce, vicdanı tarafından paramparça olmuş bir halde, Doktor Koller'e gitmiş ve Dobrowsky'nin ölümüne olan katkısından bahsetmişti. Ama, başhekim, hiç de onun beklediği gibi tepki göstermemişti. Fare deliği önünde pusuya yatmış bir kedi gibi tetikte bir duruşu vardı. Tam, Rahibe Rosa, polise teslim olmak istediğini söyleyince, kadını omuzlarından yakalayıp, dişleri takırdayınca kadar sarsmıştı.

"Bunu yapamazsınız, Rahibe Rosa! Herkes bir hata yapabilir!" diye bağırmıştı. "Şimdiye kadar kurtarmış olduğunuz hayatların yanında bu nedir ki?"

Hesap tamamdı ama yine de suçluluk hissi yaratıyordu. Rahibe Rosa aptal değildi. Doktor Koller'in davranışında bir tuhaflık olduğunun farkındaydı. Sanki onu iki eli bal kavanozunda yakalamış gibiydi. Buna rağmen kendisinin suçlu olduğunu biliyordu. Rahibe Rosa, "Rosa, bir daha sakın böyle bir hata yapma," diyerek ant içti. Baş

Rahibe'den, kendisini ceza olarak Haiti'ye tayin etmesini isteme zamanı gelmişti.

**

Koller taze mezara baktı. Son yıllarda kaç kez Dobrowsky'ye lanet okumuştu! Marion hikayesinden sonra, geceler boyu, Dobrowsky için işkence dolu ölüm şekilleri düşünerek haz almıştı. O günleri ancak bu şekilde atlatabilmişti. Sonra herif birdenbire geberip gitmişti. Adamın ölmüş olması aslında kötü değildi. Ama Koller, yaptığı şeyi birinin anlamış olmasından korkuyordu.

Dobrowsky'nin ölümünden sonraki günler, yüksek güçlerle yapılan bir pazarlıktı. Kendi kendine sürdürdüğü, sonu gelmeyen konuşmalarda, bunun bir kaza olmuş olduğunu, hiçbir kasıt olmadığını, hele kesinlikle bir cinayet olmadığını söylemişti. Böyle bir konuşma esnasında Bayan Sarah'ya yakalanmıştı ama kadın neyse ki onun bir ameliyat raporu dikte ettiğini sanmıştı.

Sonra da, tam içi geçiyordu ki, otopsi raporu gelmişti. Koller'in elinde tuttuğu yazı, anlamsız ve tehlikesizdi. "Ölüm nedeni: Kalp krizi." Formalin kokan, pejmürde kılıklı, özensiz bir patolog tarafından edilmiş bir tesbit. Koller adamı öpebilirdi.

Koller derin bir iç çekiştikten sonra oturmuş, raporu önüne yaymıştı ki kapı vurulmuştu. Kapı tereddütle açılmış ve cep elması gibi ufacık, taş gibi dayanıklı Rahibe Rosa tıpış tıpış ofise girmiş, "Doğal ölüm değildi!" diye patlamıştı.

Şu postacı bozuntusu mu her şeyi ortaya dökmüştü yoksa? Bu bir kabustu. Rahibe Rosa konuşuyor, Koller ise sadece üç kelimeden birini anlıyordu. Gerisi paldır küldür kulaklarına girip kayboluyordu. Koller, hummalı bir şekilde olası günah keçilerinin listesine tekrar baktı. Başasistan Lindemann, suçlanmak için yalvarıyordu adeta. Koller, Lindemann'ı ele vermek için ağzını açtı ve tekrar kapadı. Tam o esnada, Rahibe Rosa'nın, "Ben polise teslim olabilirim. Ya da Baş Rahibe'den, beni Haiti'ye tayin etmesini isteyebilirim," dediğini duydu.

Rahibe Rosa'nın kendi kendini ihbar etme fikri Koller için tamamen bir muammaydı. Ama çok çabuk tepki gösterdi. Rahibe Rosa, günahlarının cezalanması için Haiti'ye ilerde de gidebilirdi. Ama şimdilik burada, Blumenthal'da ihtiyaç vardı ona.

***

Koller, iç huzuruyla, mezara çiçek koydu. Bu esnada, özür mırıldanan Alois Lindemann ile çarpışıyordu neredeyse.

"Avanak herif!" diye düşündü Koller öfkeyle.

***

Lindemann ürktü. Dobrowsky'nin ölümünden beri korkaklaşmıştı. Takip ediliyor hissine kapılıyordu. "Tıpta yok yoktur," diye geçti kafasından. Çok duyulan bir cümle, ama yine de nasıl olabilirdi böyle bir şey? Dobrowsky her zaman sağlıklı görünen, ayı gibi güçlü kuvvetli biriydi. Alois, günlerce, ya sıcak nefret ya da soğuk öfke duygularıyla, Dobrowsky'ye o denli yoğun lânet etmişti ki, muhtemelen Methergine yüzünden değil de onun yüzden geberdiğini düşünüyordu. Ruhsal cinayet. "Olamaz," diye düşündü tekrar. Ama adam artık yerin altındaydı. "Ulan Alois," diye geçirdi içinden Alois, "Adamın ölümüne sen sebep oldun, kesin."

***

Alois Lindemann arkasında takır takır ayak sesleri duydu ve Alfred'e yer açtı. Alfred, koltuk değnekleriyle mezara doğru sürükledi kendini, kızgınlıkla mezarın içine, sonra da Alois'in yüzüne baktı. O, süt dökmüş kedi gibi bakışlarını yere çevirdi. Alfred, ağrıyan bacağını yavaşça ovdu, tekrar mezarın içine baktı ve mırıldandı:

"Aşağılık herif!"

Yıl 1992

Aradan bir yıldan fazla bir zaman geçtikten sonra, Agnes tekrar kapımı çaldı. O işi kabul edip de, kızıyla birlikte Blumenthal'e gittiğinden beri sesi sedası çıkmamıştı. Muayenehanemde oturmuş, Gerald'dan gelen mektubu okuyordum. Aslında içindekileri ezbere biliyordum artık. Son günlerde yazmış olduğu diğer on beş mektubu ezbere bildiğim gibi. Yazdıkları, komik, hoş birkaç satırdan ibaretti; öğrencilik zamanımda da bana bu tarzda küçük notlar gönderirdi. Mektubu bir kenara koydum ve Agnes'i bekleme odasından alıp ofisime buyur ettim. Bayan Meier'in meraklı bakışlarından kurtulduğu için rahatlamış görünüyordu.

Kendini tutamayıp, "Beklenmedik bir şey oldu!" dedi, oturur oturmaz.

Hikaye, bir kış gününde ambulansla sıradan bir hasta nakliyle başlıyordu. Ambulans sürücüsü Kemal, tezcanlı tıp öğrencisi Martin, gizemli psikolog ve Agnes çıkmışlar yola. Sonunda, yanlarında iki ceset, bir bavul dolusu kâğıt para ve bir de şapka kutusu içinde bir küçültülmüş kafa ile derin karda saplanıp kalmışlar.

"Anlatın!" dedim.

Kişiler:

Anlatıcı

Bayan S.: İsmi, Bayan Es, diye telaffuz edilir. Psikiyatrist ve Psikoterapist. Kumarhaneler, kenevir plantasyonları, üçkâğıtçı bir eski koca ya da benzer dertlerinden dolayı kafası karışık olabilir. Bazen de hafifçe akşamdan kalma bir halde ya da aşıktır. Herşeye rağmen hastalarının hizmetindedir.

Agnes d'Estrées: Doktor. Kaotik durumlar ve felaketler hep bu kadını bulur. Anonimlik onun için önemlidir. İsmi de muhtemelen uydurulmuş.

Bayan Meier: Bayan S.'in güvenilir muayenehane asistanı.

Gerald: Bayan S.'in (eski) eşi. İngiliz. Avukat. Üçkâğıtçı.

Rahibe Rosa: Yaşlı, ufak tefek ve taş gibi sağlam bir ebe. Gerekirse, bacak amputasyonu bile yapar.

Egon: Agnes'in hafif sakar erkek kardeşi. Doktor ve saksofoncu.

Elfie: Egon'a ait. Fizyoterapist. Portresi çizildiği için şu an çok sevinçli. Suratını astığı da görülür.

Kemal: Ardı ardına gelen talihsizlikler yüzünden kimliği yok. Polisten ve akrabalarından firarda. Bahtı kara bir adam. Filozof.

Hermann Dobrowsky:
Jinekolog. Kendini beğenmiş bir tip.

Peter Odermatt: Dahiyane bir cerrah. Çoğu zaman insanı yemeğe niyetli bir kurdu andırır. Ya hırıldar ya da dişlerini göstererek gülümser.

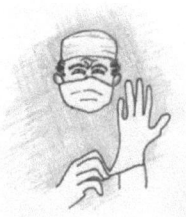

Erwin Koller: Blumenthal Hastanesi'nde Jinekoloji Bölümü Başhekimi.

Alois Lindemann:
Jinekolojide Başasistan.
Alkolü katiyen
kaldıramıyor.

Martin: Şirin bir genç adam.

Leon: Sahte psikolog.
Gizemli ve çekici.

**Walter
Zimmermann**:
Blumenthal
Hastanesi Müdürü.

Yasemin Schreiber Pekin

Kurtdereli Mehmet Pehlivan'ın torunun torunu olurum. İçimdeki pehlivana güvenerek karşıma çıkan projelere büyük bir coşkuyla balıklama atlar, aklım başıma geldiğinde de dövünürüm.

Ankara'da doğdum. Orta okulu bitirince ailece İsviçre'nin Zürih kentine göç ettik. Çocukluktan yetişkinliğe geçişim köklerinden koparılmışlık duygularıyla doluydu. Bu zor süreci atlatıp, çok kültürlü olmanın bir armağan olduğunu anladım bir gün.

Zürih Tıp Fakültesi'nden mezun oldum. Eşimle birlikte, ilk oğlumuz iki aylıkken, Afrika'da bir hastanede calışmaya gittik iki yıllığına. Döndükten sonra kızımız, ardından küçük oğlumuz geldi dünyaya. Ayrıca, Uluslararası Kızılhaç Örgütü'nde gönüllü doktor olarak Bangladeş'te bir saha hastanesinde görev yaptım. Bugün Zürih'te kadın doğum uzmanı ve psikoterapist olarak hastalarımın hizmetindeyim.

Bunun yanı sıra ymagination&müzik adı altında kültürler arası iletişim, müzik, felsefe ve psikoterapinin kaynaştığı seminerler veriyor, kültür dergilerinde makaleler yazıyorum.

Yaşam ne getirirse getirsin, gülme yeteneğinin gücüne inandığımdan, yazılarımda kara mizah üslubunu büyük bir zevkle kullanıyorum. Kendi illüstrasyonlarımla süslediğim kitaplarımı Almanca yazıyorum. "Pişmiş Tavuk, Dobrowsky'ye ne oldu" Pişmiş Tavuk serisinin 1. bandıdır. Kitabın çevirisini Nevin Tali Ölçer ile birlikte yaptık.

Kitaplar:
2019 **"Pişmiş Tavuk I, Dobrowsky'ye ne oldu?"**, Roman, Almanca'dan çeviri.
2019 **"Pischmisch Tavuk III, Zwischenfall am Bosporus"**, Roman.
2017 **"Pischmisch Tavuk II, Zwischenfall Haiti"**, Roman.
2016 **"Pischmisch Tavuk I, Der Zwischenfall Dobrowsky"**, Roman.
2012 **"Bruno Brenndt"**, Roman.
1995 **"Weisse Hände am Schwarzen Puls"**, Afrika anıları, Roland Schreiber ile ortak yapıt.

Nevin Tali Ölçer (Çevirmen)
Eskişehir'de doğdu. Eskişehir Maarif Koleji'nde eğitim aldıktan sonra, İsviçre'nin Zürih kentinde, 1978 yılında, Çevirmenlik Yüksekokulu'nu bitirdi. İngilizce, Almanca, Fransızca ve İspanyolca dillerinden çeviri yapmaktadır. Zürih, İstanbul ve Bodrum'da yaşamaktadır.